왜 불안해하면 안 되나요?

왜 불안해하면 안 되나요?

1판 1쇄 펴냄_ 2012년 11월 26일
1판 2쇄 펴냄_ 2013년 4월 10일

지은이_ 김지현, 황준원
그린이_ 천필연
편 집_ 김이슬, 손민지, 이은영

마케팅_ 심지훈

펴낸이_ 하진석
펴낸곳_ 참돌어린이

주 소_ 서울시 마포구 독막로 3길 8
전 화_ 02-518-3919
팩 스_ 0505-318-3919
이메일_ chamdolbook@naver.com

신고번호_ 제313-2011-157호
신고일자_ 2011년 5월 30일

ISBN 978-89-97592-17-3 63800

왜 불안해 하면 안 되나요?

김지현, 황준원 지음 • 천필연 그림

참돌어린이

들어가는 글

'친구들이 날 싫어하면 어쩌지?'

'내일이 시험인데 시험을 망치면 어떡하지?'

'방학 숙제 다 못 했는데 큰일 났네.'

혹시 이런 생각을 항상 품고 날마다 불안해하는 친구들이 있나요? 이런 걱정이 많으면 많을수록 아무것도 손에 잡히지 않고, 꼭 해야 할 일도 제대로 하지 못하게 되지요. 이 때문에 과도한 스트레스를 받으면 짜증도 늘고 화도 자주 나요.

사람은 누구나 내일에 대해, 미래에 대해, 혹시나 일어날지도 모르는 일들에 대해 불안함을 가지고 있어요. 이것은 어른들도 마찬가지랍니다. 때때로 이러한 불안감은 해야 하는 일을 집중해서 잘할 수 있도록 도와주기도 해요. 적당한 긴장감은 의욕을 불어넣는 긍정적인 영향을 끼쳐 오히려 약이 될 때도 있어요.

그러나 긴장감이 과도해지고 불안해지면 마음은 물론 몸까지 힘들어집니다. 마음의 불안함은 손가락을 빨거나, 손톱을 물어뜯거나, 다리를 떠는 등 나쁜 습관으로도 이어지게 되지요. 더 심해지면 배앓이를 하거나 잠을 제대로 잘 수도 없게 돼요. 이렇게 불안하고, 화나고, 짜증 나는 마음을 다스리기란 쉬운 일이 아니랍니다.

이 책에는 학교에 가기 싫어하는 소희, 시험 때만 되면 배가 아픈 연주, 다른 사람들 앞에서 발표하는 것이 힘든 용준이 등 다양한 불안함을 안고 있는 친구들이 등장해요. 이 친구들이 어떻게 그 불안감을 극복할 수 있는지 구체적인 해결 방법도 담겨 있지요.

내 마음을 조절하는 일은 매우 힘들지만 의지를 가지면 할 수 있어요. 여러분이 지나친 걱정을 덜어 내고 밝고 명랑하게 자라길 바라는 마음으로 이 책을 썼습니다. 자, 그럼 지금부터 불안한 마음을 어떻게 다스릴 수 있는지 알아보도록 할까요?

2012년 11월 겨울이 오는 길목에서

김지현, 황준원

차례

PART 1

왜 불안해하면 안 되나요?

걱정과 불안은 아무것도 해결해 주지 않아요

숲 속 동굴에 새끼 호랑이 두 마리가 살고 있었어요.

두 호랑이는 엄마 호랑이와 아빠 호랑이의 보살핌을 받아 무럭무럭 자랐어요. 그런데 형 호랑이와 동생 호랑이는 성격이 많이 달랐어요. 형 호랑이는 동생 것까지 빼앗아 먹어서 덩치도 크고 힘도 셌어요. 빨리 부모님을 따라 나가서 사냥을 해 보고 싶은 마음에 몰래 쫓아 나가다가 엄마에게 들켜 크게 혼이 나기도 했지요.

형 호랑이가 동생 호랑이에게 말했어요.

"너는 엄마랑 아빠가 사냥하는 모습 보고 싶지 않니? 정말 멋있을 것 같아!"

그러자 동생 호랑이가 작은 목소리로 속삭이듯 말했어요.

"그, 글쎄……. 난 좀 무서운데…….'

"호랑이가 무서운 게 어디 있니?"

동생 호랑이는 사냥을 하는 것이 걱정되고 겁이 났어요.

'사냥을 하려고 막 달리다가 돌부리에 걸려서 넘어지면 어떡하지? 돌부리에 걸려서 넘어졌는데 다리가 '똑' 하고 부러지면 어떡하지? 다리가 부러지면 너무 아플 텐데, 제대로 걷지도 뛰지도 못할 텐데……. 사냥을 꼭 해야 하는 거야?'

동생 호랑이는 괜한 걱정과 불안함에 고개를 절레절레 저었어요.

동생 호랑이는 이렇게 매일 걱정하고 불안해하며 시간을 보냈어요. 엄마가 보이지 않으면 사냥을 하다가 다친 건 아닌지 불안해했고, 아빠가 잡아온 고기를 먹을 때도 상해서 배탈이 나면 어쩌나 걱정하며 제대로 먹지 못했지요.

반대로 형 호랑이는 아무 걱정이 없었어요. 고기도 잘 먹고, 동굴

안에서 시간이 날 때마다 이리저리

뛰어다니며 달리기 연습을 했어요. 동생

호랑이는 그저 가만히 앉아 형 호랑이를

불안한 표정으로 바라보았지요.

'형도 참……. 저러다 넘어져서 다치

면 어쩌려고 저러지?'

형 호랑이는 뛰어다니다 동굴 벽에도 부딪치고 미끄러지기도 했지만 개의치 않았어요. 툴툴 털고 일어나 씩씩하게 다시 뛰었어요.

어느덧 두 호랑이는 늠름한 어른 호랑이가 되었어요. 형 호랑이는 부모님이 잡아다 주는 먹이를 잘 먹고 열심히 뛰는 연습을 한 덕에 튼튼하게 근육이 붙어 덩치가 훨씬 커졌어요. 반면에 늘 동굴 구석에 앉아 제대로 먹지도 않고 늘 불안에 떨던 동생 호랑이는 몸집이 여전히 작았어요. 오히려 다리에 힘이 없어 비실비실거렸지요.

엄마 호랑이가 말했어요.

"이제 너희도 독립을 해야 할 때가 왔구나. 이제부터 동굴 밖으로 나가서 직접 멋지게 사냥을 하고, 친구도 만들어 보렴."

부모님은 이 말을 남기고 두 호랑이 형제만 남겨 둔 채 동굴 밖으로 나가 버렸어요. 형 호랑이가 말했어요.

"내가 이날을 얼마나 기다렸는지 몰라! 빨리 나가서 세상 구경도 하고 멋지게 사냥도 해야지!"

형 호랑이는 마음이 들떠 신 나게 룰루랄라 노래까지 흥얼거렸어요. 반면에 동생 호랑이는 또 걱정부터 하기 시작했어요.

"형, 밖에 나가면 무서운 동물이 많겠지?"

"무슨 소리야? 이 세상에서 가장 무서운 동물은 바로 호랑이야!"

"그걸 어떻게 알아? 형도 한 번도 안 나가 봤잖아. 무시무시한 괴물이 있을지도 몰라."

"너는 무슨 걱정이 그렇게 많니?"

형 호랑이는 동생 호랑이를 무시하고 얼른 동굴 밖을 향해 뛰어나갔어요. 동생 호랑이는 바깥세상이 무섭기만 했어요. 멀리 동굴 끝에서 밝은 빛이 들어오고 있었어요.

"저 빛 뒤에 낭떠러지가 있을지도 몰라. 아니면 무시무시한 괴물이 입을 벌리고 있을지도……. 아니야, 저 빛으로 빨려 들어가면 다시는 못 나오게 될 거야."

이런저런 상상을 하다 보니 동생 호랑이는 한 발짝도 움직일 수가 없게 되었어요. 동굴 입구에서 형 호랑이가 재촉했어요.

"정말 안 올 거야?"

동생 호랑이는 불안과 공포에 휩싸여 그 자리에 주저앉고 말았어요.

"안 올 거면 나 혼자 나간다!"

형 호랑이는 이 말만 남기고 동굴 밖으로 사라졌어요. 동생 호랑이는 형이 사라진 뒤에도 온갖 걱정과 불안으로 꼼짝도 하지 않다가 그만 동굴 안에서 굶어 죽고 말았답니다.

사람들은 누구나 미래에 대해 걱정하며 살아가곤 합니다. 걱정에는 두 가지 종류가 있어요. 아주 현명한 걱정과 정말 쓸데없는 걱정이에요.

'이 문제를 어떻게 해결할 수 있을까?'

이런 고민은 우리에게 해결할 방법을 찾게 해 주기 때문에 현명하고 유익한 것이지요. 하지만 동생 호랑이처럼 해결할 방법은 찾지 않고 '사냥을 하다가 넘어지면 어떡하나?', '동굴 밖에 낭떠러지가 있으면 어떡하나?' 등 일어나지도 않은 일에 대해 걱정만 하는 것이 바로 쓸데없는 걱정이랍니다. 이렇게 지나친 걱정과 불안함은 우리가 살아가는 데 아무런 도움이 되지 않아요.

캐나다의 베스트셀러 작가인 어니 젤린스키가 걱정에 대해 한 말이 있어요. 우리가 하는 걱정 중 40퍼센트는 절대 일어나지 않을 일에 대한 걱정, 30퍼센트는 이미 과거에 일어난 일에 대한 걱정, 22퍼

센트는 아주 사소한 일에 대한 걱정, 그리고 4퍼센트는 '지구가 멸망하면 어떡하지?'처럼 걱정해 봤자 우리 힘으로 어떻게 할 수 없는 걱정이라고 해요.

그것들을 제외한 나머지 4퍼센트만이 우리가 정말 진지하게 걱정할 만한 문제라고 합니다. 결론은 사람들이 하는 걱정 중 96퍼센트는 정말 쓸데없는 것이라는 사실이에요.

미래를 알 수 없기에 인간은 누구나 일어날지도 모르는 일을 걱정하고 불안해하지요. 하지만 지나친 걱정과 불안은 우리의 몸과 마음을 힘들게 해요. 걱정한다고 해서 그 문제가 해결되지는 않는답니다. 동생 호랑이가 불안한 마음을 이겨 내고 동굴 밖으로 나갔다면 멋진 호랑이가 될 수 있었을 거예요.

만약 어떤 일에 대해 불안함이 느껴진다면 지금 당장 연필을 들고 여러분이 걱정하고 있는 일들을 가만히 생각해 보고 적어 보세요. 그리고 그 옆에 문제를 해결할 수 있는 방법도 함께 적어 보세요. 여러분이 하고 있는 걱정과 불안은 의외로 아주 사소한 일일지도 모른답니다.

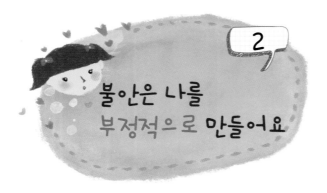

2

불안은 나를
부정적으로 만들어요

포도주를 실은 영국의 배가 스코틀랜드의 한 항구에 도착했어요.

선원들은 배의 냉동 창고에서 포도주를 꺼내 나르기 시작했어요.

"빨리 끝내고 돌아가야 하니까 어서들 서두르라고!"

선장의 말에 선원들은 쉬지 않고 일을 했어요.

어느덧 일을 끝낸 선원들은 정리를 하고 하나둘 냉동 창고에서 빠져나왔어요. 한 선원이 마지막으로 포도주를 전부 내렸는지 확인하기 위해 냉동 창고로 들어갔어요. 그때였어요.

"철커덕!"

냉동 창고 문이 잠기는 소리가 들렸어요. 안에 사람이 있는 걸 모르고 다른 선원이 냉동 창고의 문을 잠가 버린 것이었어요.

"어? 여기 사람 있어요!"

선원이 냉동 창고 안에서 소리쳤지만 이미 문이 잠긴 상태였고 밖에서는 어떤 인기척도 들리지 않았어요.

"이봐요! 여기 사람 있다니까요!"

선원이 세차게 문을 두드리며 소리쳤어요. 하지만 밖에서는 아무도 그 소리를 들을 수 없었어요.

"살려 주세요! 거기 아무도 없어요? 여기 사람이 갇혔어요!"

목이 쉴 정도로 소리치고, 손이 아플 정도로 문을 두드렸지만 아무도 오지 않았어요. 배의 출발을 알리는 뱃고동 소리만이 메아리처럼 울려 퍼지고 있었지요.

"너무 추워……."

선원은 냉동 창고 이곳저곳을 살피며 빠져나갈 구멍이 없는지 찾아 보았지만 문은 하나뿐이었어요. 냉동 창고에는 식량이 가득했지만 먹을 것이 문제가 아니었어요. 선원은 이렇게 생각했어요.

'아무도 날 구하러 오지 않는다면 난 여기서 꼼짝없이 얼어 죽고 말 거야.'

몸이 으슬으슬 떨려 왔어요. 그때 선원은 바닥에서 쇳조각 하나를 발견했어요.

"그래, 죽더라도 할 말은 남기고 죽자."

선원은 덜덜 떨리는 손으로 냉동 창고 벽에 쇳조각으로 자신이 닥친 상황에 대해 자세히 적어 나가기 시작했어요.

'몸은 점점 얼음덩어리가 되어 가고, 손가락에도 감각이 사라지고 있다. 많은 사람이 떠오른다. 춥고 두렵다. 여기서 빠져나갈 방법은 없는 것 같다.'

며칠 뒤 배가 한 항구에 도착했고, 결국 선원은 냉동 창고 안에서 얼어 죽은 채 발견되었어요. 선장은 안타까워하며 그가 벽에 남긴 글을 꼼꼼히 읽어 보았어요. 그 글에는 선원이 느꼈던 고통과 두려움이 자세히 적혀 있었어요.

그런데 선장은 한 가지 이상한 점을 발견했어요.

"어? 이상하네?"

냉동 창고 안이 생각보다 춥지 않았던 거예요. 이상한 생각이 들어 온도계를 가지고 냉동 창고 안의 온도를 재 본 선장은 깜짝 놀랐어요. 냉동 창고 안의 온도는 고작 19도로 그리 춥지 않았기 때문이에요. 놀랍게도 항해하는 동안 냉동 창고는 고장이 나 작동하지 않았던 것이지요.

이 이야기는 베르나르 베르베르의 《상대적이며 절대적인 지식의 백과사전》에 담겨 있는 글이랍니다. 이 선원은 도대체 왜 고장 난 냉동 창고 안에서 얼어 죽게 된 것일까요?

'나는 죽고 말 거야.'라고 생각했고, 또 그렇게 믿었기 때문이에요. 이 이야기는 사람이 생각하는 힘이 얼마나 대단한 영향력을 지녔는지 잘 보여 주는 사례예요.

"믿는 것이 곧 현실이 된다."는 말이 있어요. 어떤 문제가 있을 때 해결할 의지 대신에 '나는 못해.', '난 해낼 수 없을 거야.'라는 생각만 하며 불안해한다면 어떻게 될까요? 아마 정말로 그 일을 해낼 수 없을 거예요.

아직도 믿는 대로 이루어지는지 의심하는 친구가 있나요? 그렇다면 이번엔 어떤 의사의 재미있는 실험을 소개할게요.

의사에게 한 환자가 찾아왔어요.

"선생님, 머리가 너무 아파요. 약을 먹으면 그때만 잠깐 낫고, 다시 머리가 아파요. 수많은 약을 먹어 보았지만 다 똑같아요. 이 두통을 고칠 수 있는 약이 없을까요?"

"음……. 검사를 해 보니 환자분의 병은 쉽게 나을 수 있는 병이 아닌 것 같군요."

"선생님, 부탁드려요. 나을 수 있는 약이라면 뭐든 좋으니 주세요. 정말 힘들어요. 더 이상 두통을 참을 수가 없어요."

의사는 한참을 고민하던 끝에 말했어요.

"좋습니다. 이번에 새로 만든 약이 있는데 환자분에게 딱 맞을 것 같군요. 이건 다른 약과 달라서 분명 효과가 있을 겁니다."

"정말이요? 감사합니다! 정말 감사합니다!"

며칠 뒤 환자는 두통이 싹 나았다며 의사에게 고맙다고 인사를 하러 왔어요.

"선생님, 선생님이 주신 약이 얼마나 잘 듣는지 몰라요. 대체 무슨 약인가요?"

의사는 미소를 지으며 대답했어요.

"일단 다 나으셨다니 다행입니다. 그런데 제가 드린 건 사실 약이 아니었어요. 그건 그냥 밀가루였을 뿐입니다."

밀가루가 어떻게 환자의 두통을 낫게 해 준 것일까요? 그것은 바로 환자가 밀가루를 '두통을 낫게 해 주는 약'이라고 믿었기 때문에 일어난 일이었어요. 이런 현상을 우리는 '플라시보 효과'라고 부른답니다.

반대의 경우도 있어요. '노시보 효과'라는 것인데, 환자가 약의 효능을 믿지 않으면 아무리 좋은 약이라도 효과가 제대로 나타나지 않는 현상을 말해요. 우리의 생각은 이처럼 매우 신기하고도 강력한 힘을 가지고 있어요.

내가 지나치게 불안해하고 걱정한다면 나의 삶 또한 불행해질 거예요. 걱정은 걱정을 낳고, 불안은 불안을 낳을 뿐 우리에게 아무런 도움이 되지 않는답니다.

반대로, 긍정적인 생각과 마음은 힘든 일도 즐겁게 할 수 있게 만들어 줘요. 그리고 실제로 긍정적인 생각을 하는 사람들이 훨씬 더 건강하게 산다는 연구 결과도 있답니다.

'나는 할 수 없어', '전부 엉망진창이 되어 버릴 거야.'라는 생각 대신에 '나는 할 수 있어!', '다 잘될 거야!', '다 이루어질 거야!' 하고 나 자신에게 속삭여 보세요. 나도 모르게 용기가 불끈 생길 거예요.

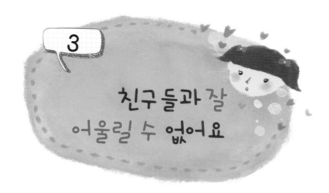

친구들과 잘
어울릴 수 없어요

'학교 가기 싫어…….'

내일은 새 학기가 시작되는 날이에요. 이제 초등학교 3학년이 되는 소희는 잠자리에 누운 지 벌써 한 시간이 지났는데도 이런저런 생각으로 잠을 이루지 못했어요.

'학교를 꼭 다녀야 하나? 대체 학교는 왜 다녀야 하는지 모르겠어. 차라리 내일이 안 왔으면 좋겠다…….'

새 친구들과 새로운 담임 선생님을 만난다는 생각에 긴장이 되어 소희는 좀처럼 잠들 수가 없었어요. 여러 가지 걱정과 불안한 마음 때문에 밤을 새운 소희는 새벽이 되어서야 겨우 잠이 들었어요.

다음 날 아침, 결국 소희는 늦잠을 자고 말았지요. 엄마가 아무리 깨워도 일어날 생각을 하지 않았어요. 잠은 깼지만 학교에 갈 생각을 하니 몸이 도무지 움직이지 않았어요.

"소희야, 3학년 되고 첫날부터 지각하겠다. 얼른 일어나!"

소희는 엄마의 등쌀에 못 이겨 겨우 일어나 식탁 앞에 앉았지만 도저히 아침밥이 넘어가지 않았어요.

"엄마, 저 그만 먹을래요."

엄마는 밥도 제대로 먹지 못하고 풀이 잔뜩 죽은 소희와 이런저런 대화라도 나누고 싶었지만, 지금 학교에 보내지 않으면 지각을 할 것 같아 아무 말도 하지 않았어요. 소희는 결국 아침도 먹지 못하고 가방을 챙겨 현관문을 나섰어요.

학교에 가는 게 정말 싫었지만 가지 않겠다고 고집부리면 엄마, 아빠에게 혼날 게 뻔했어요. 학교를 가는 내내 소희의 마음은 무거웠어요.

교실에 도착했을 땐 아직 담임 선생님이 들어오기 전이었어요. 소희는 빈자리를 찾아 가방을 내려놓고 조용히 앉았어요. 다행히 옆자리도 비어 있어서 안도의 한숨을 쉬었어요.

'내 옆에 아무도 안 앉았으면 좋겠다!'

소희는 바짝 긴장한 상태로 주변의 눈치를 보며 가방에서 공책과 필통을 꺼냈어요. 새 공책에 이름을 쓰고 있는데 옆자리에 누군가가 다가오더니 소희에게 인사를 건넸어요.

"안녕? 여기 옆자리 비어 있는 거지?"

소희는 깜짝 놀라 그 친구를 보고는 조용히 고개를 끄덕였어요.

"나는 유지수라고 해. 넌 이름이 뭐야?"

소희는 심장이 쿵쾅쿵쾅 뛰었어요. 그리고 아주 작은 목소리로 대답했어요.

"나, 나는 이소희야……."

지수는 소희의 말이 잘 들리지 않아 눈을 동그랗게 뜨고 다시 물었어요.

"뭐라고? 잘 안 들리는데 좀 크게 얘기해 줄래?"

소희는 아까보다는 조금 큰 소리지만 그래도 여전히 작은 목소리로 다시 대답했어요.

"내 이름은 이소희야."

"아, 이름 예쁘다. 2학년 때 몇 반이었어? 넌 누구랑 친했니?"

지수는 소희에게 이것저것 물어보았지만 소희는 그때마다 작은 목

소리로 짧게 대답할 뿐이었어요. 지수는 소희가 자신과 별로 친해지

고 싶지 않은 것 같다는 생각이 들었어요. 그래서 소희에게 더 이상

말을 걸지 않고 앞뒤에 앉은 친구들과 이야기를 나누기 시작했어요.

그사이 소희는 고개를 숙이고 공책에 낙서를 했어요.

사실 소희도 지수와 친하게 지내고 싶었지만 친구들과 이야기를 할 때면 떨려서 제대로 말을 할 수가 없었어요. 1학년, 2학년 때도 친구들의 질문에 제대로 대답하지 못해 친구들을 사귈 수 없었지요. 친구들이 소희에게 말을 걸면 소희는 이런 생각을 하곤 했어요.

'내가 이런 말을 하면 이 아이가 나를 이상하게 생각하지 않을까?'

'이렇게 대답하면 쟤가 나를 어떻게 생각할까?'

'이런 질문을 하면 친구들이 날 좋아하지 않을 거야.'

이처럼 여러 가지 불안한 마음이 가득 차서 입이 쉽게 떨어지지 않았던 거예요. 이대로 가다가 소희는 3학년 때도 친구를 사귀지 못하게 되는 건 아닐까요?

처음 만나는 사람과 마음을 열고 이야기를 나누는 것이 쉬운 일은 아니에요. 하지만 낯선 사람들과 마음을 나누는 일은 우리가 살아가는 데 꼭 필요한 일이랍니다.

사람을 일컫는 또 다른 단어인 '인간'을 살펴볼까요? 인간은 한자로 '사람 인(人)'과 '사이 간(間)'을 합쳐 '人間'이라고 씁니다. 사람

인의 경우는 사람과 사람이 기댄 모습을 보고 만들어졌다고 합니다. 그리고 사이 간은 문(門) 사이로 빛(日)이 새어 들어오는 것을 보고 만들어진 한자랍니다. 그래서 이 두 개의 한자가 합쳐져 만들어진 인간(人間)은 '사람과 사람 사이'를 뜻하는 거예요. 다시 말하면 사람은 혼자서는 살 수 없고, 반드시 나 아닌 다른 사람과 더불어 살아야 하는 존재지요.

"웃음은 전염된다."라는 말을 들어 본 적이 있나요? 방긋방긋 웃는 아기를 보면 기분이 어떤가요? 아기의 웃는 모습을 보고 화가 나거나 불안한 사람은 없을 거예요. 아마 나도 모르게 아기를 보며 미소가 지어지겠지요. 이처럼 옆에 있는 누군가가 행복해하면 나 또한 저절로 행복해져요.

실제로 웃음이 전염된 사례도 있어요. 1962년 탄자니아의 어느 학교에서 있었던 일이에요.

세 명의 여학생이 갑자기 웃기 시작했어요. 세 친구가 깔깔거리며 웃자 주변에 있던 친구들도 이유도 없이 따라 웃었어요. 한 명, 두 명, 세 명……. 따라 웃는 친구들이 점점 늘어나더니 급기야 전교생이 웃음을 멈출 줄 모르고 계속 웃게 되었어요. 전교생도 모자라 인근 마을 사람들까지 웃음이 전염되었답니다.

결국 학교에는 휴교령이 내려졌고 학교 문을 닫은 동안에도 웃음은 계속 전염되었어요. 2년 반 동안 1,000명이 넘는 사람이 웃음에 전염되었답니다.

영국의 한 연구팀은 사람들이 웃는 소리를 듣는 것만으로도 웃음을 일으키는 뇌가 움직이는 현상을 발견하기도 했어요. 정말로 웃음이 전염된다는 과학적 증거를 발견한 것이죠.

'웃음'과 관련된 말도 많이 있어요. '웃는 얼굴에 침 못 뱉는다.', '웃음이 보약이다.'라는 속담이나 '소문만복래(笑門萬福來)'라는 한자성어도 있어요. '웃으면 집으로 복이 들어온다.'라는 뜻이에요. 웃으면 저절로 행복해진다는 말이지요.

그렇다면 반대로 자꾸 불안해하고 걱정을 하면 어떻게 될까요? 웃음과 행복도 전염되지만, 나의 불안한 마음도 마찬가지로 전염이 된답니다. 내가 자꾸 친구들과 이야기하는 것을 불안해하면 친구들도 나를 불안하게 바라보고 어렵게 생각할 거예요.

지나친 불안은 전염될 뿐만 아니라 점점 더 커진답니다. 불안함이 커지면 자신감도 잃게 되지요. 항상 불안하니 무슨 일이든 자신감을 가지고 할 수 없게 되는 거예요.

　자, 그동안 다른 사람들이 나를 어떻게 생각할지 불안해서 말을 걸지 못했거나 늘 혼자였던 친구가 있다면, 지금 용기를 내어 먼저 말을 걸어 보세요. 어쩌면 상대방도 내가 먼저 마음을 열기를 기다리고 있는지도 몰라요.

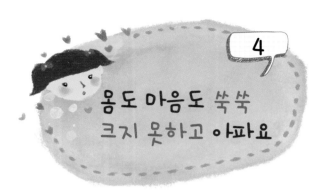

4

몸도 마음도 쑥쑥
크지 못하고 아파요

"아, 큰일 났다. 수학 점수 또 떨어졌어······."

민주는 지난번 시험에서 수학 점수가 떨어져 수학 학원을 한 곳 더 다니고 있었어요. 그런데도 수학 시험 점수가 또 떨어진 거예요. 이번 엔 부모님에게 뭐라고 변명을 해야 할지 민주는 걱정이 한 아름 쌓였 어요.

잔뜩 풀 죽어 있는 민주의 모습을 보고 짝꿍 주희가 물었어요.

"왜 그래?"

"수학 점수가 또 떨어졌어. 어쩌지?"

"점수가 오를 때도 있고 떨어질 때도 있지. 너무 걱정하지 마."

주희가 어깨를 토닥여 주었지만 민주는 주희의 위로가 귀에 하나도 들어오지 않았어요. 수업을 마치고 학원에 가면서도 민주는 부모님에게 뭐라고 말씀드려야 할지 걱정만 되었어요. 불안하고 초조해서 계속 다른 생각을 하다가 하마터면 돌부리에 걸려 넘어질 뻔했지요.

수학 학원에 도착해서도 수학 점수 때문에 민주의 머릿속은 온통 걱정투성이였어요.

"민주야, 수업 시간에 왜 그렇게 딴 생각을 하고 있니?"

"죄송해요……."

선생님에게 꾸중을 들을수록 민주의 불안함은 점점 더 심해지기만 했어요. 수학 학원, 논술 학원, 피아노 학원 그리고 마지막으로 태권도 학원까지 들렀다가 저녁 먹을 시간이 훌쩍 지나서야 민주는 집으로 돌아갈 수 있었어요.

민주는 힘없이 현관 문고리를 잡고 한숨을 몰아쉬었어요. 그리고 결심한 듯 문을 열고 집 안으로 들어갔어요. 엄마와 아빠가 거실에서 민주를 반갑게 맞이해 주었어요.

"민주 왔구나. 학원 잘 갔다 왔어?"

"네, 잘 갔다 왔어요."

"지난번에 시험 본 거 점수 나왔니?"

민주는 잠시 망설이다가 대답했어요.

"아, 그게……. 아직이요. 선생님이 바쁘셔서 채점을 못 하셨대요."

"그래? 이번에는 수학 점수가 잘 나와야 할 텐데……. 학원까지 다니는데 거기서 더 떨어지면 절대 안 되지. 얼른 손 씻고 와서 저녁 먹으렴."

민주는 엄마 눈치를 보며 가방을 놓고 화장실로 들어가 손을 씻었어요. 씻고 나와 식탁 앞에 앉았지만 도저히 밥이 넘어가지 않았고, 이상하게 배도 살살 아팠어요.

"저 아까 간식 사 먹어서 배가 안 고파요."

"그래도 밥을 먹어야지."

민주는 엄마의 말에 대답도 하지 않고 얼른 방으로 들어가 잠자리에 누웠어요. 하지만 수학 점수가 떨어진 것과 엄마에게 거짓말한 것이 걱정이 되어 쉽게 잠에 들 수 없었어요.

'엄마가 수학 점수 떨어진 거 아시면 정말 크게 실망하실 거야. 난 진짜 열심히 한다고 했는데…….'

한 시간, 두 시간……. 민주는 결국 하얗게 밤을 새우고 말았어요. 이런 일은 오늘만 있는 것이 아니었어요. 조금만 불안하고 걱정이 되면 민주는 밤에 제대로 잠을 자지 못했어요.

그 뒤로도 민주는 며칠 동안 제대로 먹지도 못하고 잠도 못 잤어요. 잠이 부족해 늘 멍한 모습으로 수업을 들었지요. 부모님에게 수학 점수가 들통 날까 봐 늘 조마조마한 마음으로 하루하루를 보냈어요.

며칠 뒤, 신체검사가 있는 날이었어요. 짝꿍 주희가 먼저 키와 몸무게를 쟀어요.

"와! 작년보다 10센티미터나 더 컸어!"

주희는 신이 나 민주에게 자랑을 했어요. 다른 친구들도 키가 컸다며 좋아했어요. 이번엔 민주 차례였어요. 민주는 떨리는 마음으로 신장계 위로 올라갔어요. 그런데 이상하게 키가 작년이랑 똑같았어요. 더 자라지 않은 거예요.

"이상하다……. 왜 키가 그대로지?"

그러고 보니 작년엔 분명히 민주보다 주희가 작았는데, 언제부턴가 주희가 훨씬 커졌어요. 민주는 기분이 별로 좋지 않았어요.

왜 민주의 키는 많이 자라지 못했을까요? 여러분은 몸과 마음이 연결되어 있다는 사실을 알고 있나요? 걱정이 많아지고 지나치게 불안해하며 마음을 졸이면 우리의 몸도 마음만큼 힘들어해요. 이와 반대로 운동을 심하게 하면 몸이 힘들어짐과 동시에 마음도 덩달아 힘들어지죠. 대체 몸과 마음이 어떻게 연결되어 있는 것인지 조금 더 자세히 알아볼까요?

'만병의 근원은 스트레스'라는 말을 들어 본 적이 있을 거예요. 이 것은 우리의 몸과 마음이 연결되어 있다는 것을 잘 알려 주는 말이에요. 지나친 걱정 때문에 마음이 불안해지면 자율신경계, 특히 교감신 경계의 활동이 크게 증가해요.

그렇다면 자율신경계는 무엇이고 교감신경계는 무엇일까요? 자율 신경계는 교감신경계와 부교감신경계로 나뉘는데, 우리의 의지로 할 수 없는 신체 활동들을 조절해요. 예를 들면 숨을 쉬거나 먹은 것이 소화되고, 운동을 하면 땀을 흘리는 것 등이지요.

자율신경계에 속해 있는 교감신경계는 몸이 활동하기 좋은 상태로 만들어 주는 역할을 하고, 부교감신경계는 몸을 편안하게 만들어 주고 쉬게 해 준답니다.

　그런데 교감신경계가 지나치게 활발해지면 우리의 몸은 어떻게 될까요? 심장이 두근거리고 마음이 진정되지 않아 쉽게 잠들 수 없고, 자더라도 깊이 잠들지 못하고 자꾸 깨게 되지요. 또 음식을 잘 먹지 못하고 소화도 되지 않아요. 이런 일이 지속될 경우 머리나 배가 자주 아프고, 몸 이곳저곳이 쑤신답니다. 심할 경우에는 마비까지 올 수 있어요.

　그렇기 때문에 키가 쑥쑥 커야 할 여러분이 이렇게 불안과 걱정에 시달리면 성장에도 문제가 생기는 거예요. 민주는 자주 불안해하고 한 번 걱정할 일이 생기면 잠을 제대로 잘 수 없었어요. 밥을 제대로 먹지 못한 것은 말할 것도 없고요. 그래서 주희보다 키가 더 자라지 못했던 거예요.

　여러분이 자는 동안에 성장 호르몬이 60퍼센트에서 많게는 80퍼센트까지 분비가 된다는 사실을 알고 있나요? 규칙적인 생활과 잠을 제때 잘 자는 것만으로도 키가 쑥쑥 자라는 데 많은 도움이 된답니다.

지금도 무언가가 걱정이 되어 잠을 못 이루는 친구들이 있나요? 그렇다면 불안과 걱정은 한쪽에 내려놓고, 따뜻한 우유 한 잔을 마시며 마음을 차분히 달래 보세요.

5

능력을 제대로
발휘할 수 없어요

"이번에야말로 유진이를 꼭 이기고 말겠어."

준우는 이번 기말고사에서만큼은 유진이를 이겨서 꼭 1등을 하고 싶었어요. 지난번 중간고사에서도 유진이에게 아깝게 지고 말았거든요. 준우는 늘 1등을 하는 유진이가 어떻게 공부하나 궁금해서 유진이를 지켜보았어요.

하지만 별다른 게 없었어요. 오히려 유진이보다 준우가 수업 시간에 더 열심히 공부하고 숙제도 더 잘해 갔어요. 그런데도 시험을 볼

때마다, 심지어 쪽지 시험에서도 한두 문제 차이로 유진이에게 지곤 했어요. 준우는 정말 억울했지요.

기말고사를 앞두고는 준우의 마음이 더 조급해졌어요. 시험 전날, 일찍 학교를 마치고 돌아온 준우는 방 안에서 공부를 시작했어요.

열심히 공부하는 준우를 보며 엄마는 늘 뿌듯해했어요. 저녁을 맛있게 준비한 엄마는 준우를 불렀어요.

"준우야, 저녁 먹자."

"네!"

마침 배가 고팠던 준우는 씩씩하게 대답하고 식탁 앞에 앉았어요.

"잘 먹겠습니다. 엄마, 저 물부터 마셔도 돼요?"

"그럼, 물론이지."

물을 마시고 밥을 먹기 시작한 준우는 엄마에게 또 물었어요.

"엄마, 저 화장실 좀 갔다 와도 돼요?"

준우는 작은 행동도 꼭 허락을 받고 움직였어요. 엄마는 준우가 시시콜콜한 것까지 허락을 받는 것이 조금 의아했지만, 아이가 워낙 순하고 착해서 그런 거라고 생각했어요.

"엄마, 저 김치 먹어도 돼요?"

"엄마, 저 햄 먹어도 돼요?"

"엄마, 저 이제 그만 먹어도 돼요?"

준우는 계속해서 묻고 일일이 허락을 받았어요.

"엄마, 저 이제 방으로 가서 공부해도 되지요?"

밥을 다 먹고 방으로 가는 것까지 허락을 받은 후에야 준우는 방으로 다시 돌아왔어요. 준우의 방은 지나치게 깨끗했어요. 준우는 모든 물건에게 저마다 자리를 만들어 주고, 그 자리를 벗어난 물건이 보이면 공부에 집중할 수 없었거든요.

시험 날짜가 점점 가까워질수록 이런 습관은 더더욱 심해졌어요. 연필 한 자루도 제자리에 있지 않으면 준우의 마음은 불안했어요. 저녁을 먹은 뒤 30분 동안 준우는 방 정리를 하고 다시 의자에 앉아 공부를 시작했어요.

늦은 시각까지 공부를 하는 준우가 걱정스러운 엄마가 말했어요.

"준우야, 이제 자야지."

"내일 시험인데 벌써 자도 될까요?"

"잠을 푹 자야 머리가 맑아져서 시험도 잘 보는 거야. 어서 자렴."

"네."

준우는 엄마의 권유로 잠자리에 누웠어요. 하지만 유진이에게 질까 봐 불안한 마음에 깊은 잠을 잘 수 없었어요.

다음 날 아침, 준우는 아침 식사도 하는 둥 마는 둥 하고는 일찌감치 학교로 향했어요. 너무 이른 시간이라 교실에는 아직 아무도 오지 않았어요.

준우는 자리에 앉아 교과서를 꺼냈어요. 준우의 교과서는 밑줄을 너무 많이 그어서 새까맣게 변해 있었어요. 하도 밑줄을 그어 구멍이 나 버린 곳도 있었지요.

'교과서를 통째로 외워 버려야지.'

준우는 교과서를 보며 공부를 하려 했지만 시험 시간이 다가올수록 심장이 더욱 쿵쾅쿵쾅 뛰어서 도무지 집중을 할 수가 없었어요. 그사이 친구들이 하나둘 교실로 들어왔어요. 다들 전날 밤에 제대로 공부를 못 했다며 하소연하기 바빴어요. 모르는 문제를 들고 공부를 잘하는 유진이에게 가서 이것저것 묻는 친구도 있었어요.

준우는 유진이를 힐끗 쳐다보았어요. 유진이가 열심히 친구에게

설명을 해 주고 있었어요. 그 모습을 보자 준우의 심장은 더욱 빠르

게 뛰었어요.

'이번에는 유진이를 제치고 꼭 1등을 해야 해! 꼭!'

준우는 유진이를 보며 입을 앙다물었어요. 긴장을 해서 그런지 연필을 쥔 손에 땀이 났어요. 시험을 알리는 벨이 울리자 선생님이 들어와 시험지를 나누어 주었지만 준우는 좀처럼 문제에 집중을 할 수 없었어요.

적당한 불안과 스트레스는 우리의 몸과 마음에 활력을 줍니다. 하지만 지나친 스트레스를 받으면 몸과 마음이 과도하게 긴장을 하게 되어 오히려 좋지 않은 영향을 미치지요. 그렇기 때문에 불안과 스트레스를 스스로 조절하는 연습을 해야 해요.

준우는 2등이었지만 1등을 하고 싶어서 늘 초조했어요. 반드시 유진이를 이겨야 한다는 마음 때문에 불안함은 날마다 더욱 커졌지요.

선의의 경쟁자가 있는 것은 좋지만 지나친 불안감이 지속되는 것은 정신적으로 좋지 않답니다. 모든 사람이 1등을 할 수는 없어요. 반드시 1등을 해야 한다는 강박 관념도 버려야 합니다. 누구나 1등을 한다면 꼴등도 없겠죠? 꼴등은 부끄러운 것도 나쁜 것도 아니에요.

지금 꼴등이라면 열심히 노력해서 얼마든지 더 좋은 점수를 받을 수 있어요. 중요한 건 등수가 아니라 바로 내가 얼마나 열심히 노력하느냐랍니다.

준우는 1등을 하지 못하자 자신감이 떨어져서 어른들에게 늘 허락과 확인을 받곤 했어요. 스스로 자신의 일을 결정할 수 없게 된 거예요. 불안함이 커지면 이렇게 자신감도 줄어들게 되지요.

자꾸 부모님에게 의지하고 물어보고 확인하는 친구가 있다면 '내가 이걸 할 수 있을까?'라는 생각 대신 '나는 할 수 있다.' 하고 자신을 다독여 보세요. 불안함과 스트레스를 이기는 데 자신감만큼 좋은 것도 없답니다.

미국의 한 심리학자가 자신감과 심리에 관한 실험을 했어요. 50여 명의 학생을 대상으로 아이큐 테스트를 실시한 뒤 실제 성적과 상관없이 무작위로 아이들에게 조작된 아이큐를 알려 주었어요. 일부 친구들에게는 높은 아이큐 점수를, 나머지 친구들에게는 낮은 아이큐 점수를 알려 주었죠. 물론 아이큐 점수가 높게 나온 친구들은 만족해했고, 낮게 나온 친구들은 실망했어요.

그리고 몇 년 뒤, 심리학자는 다시 한 번 아이큐 테스트를 실시했어요. 어떤 결과가 나왔을까요? 높은 점수를 알려 주었던 친구들은 그 아이큐 점수보다 훨씬 높은 점수가 나왔고, 낮은 점수를 알려 주었던 친구들은 그보다 훨씬 낮은 점수가 나왔답니다. 자신감이 아이큐에까지 영향을 미친 거예요.

여러분도 '할 수 있다.'는 생각으로 불안함을 떨쳐 보세요. 할 수 없었던 일이 나도 모르는 사이에 할 수 있는 일로 바뀌어 있을 거예요.

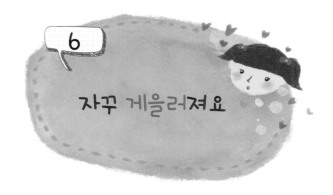

6 자꾸 게을러져요

"우와! 방학이다!"

영주는 친구들과 신 나게 교문을 나섰어요. 내일부터 일찍 일어나
지 않아도 되고, 학교에 오지 않아도 된다고 생각하니 몸이 하늘로
붕 날아갈 것 같았어요.

친구들과 헤어지고 집으로 돌아온 영주는 가방을 구석에 던져 버
리고 텔레비전부터 틀었어요. 동시에 엄마의 잔소리가 시작됐어요.

"방학하자마자 텔레비전부터 보는 거니? 숙제도 많을 텐데."

"방학 숙제는 내일부터 하면 돼요!"

그날 늦게까지 텔레비전을 보다 잠이 든 영주는 늘어지게 자다가 다음 날 점심 무렵이 되어서야 겨우 일어났어요. 텔레비전을 조금 보다가 가방에서 알림장을 꺼내 방학 숙제를 확인했지요.

방학 숙제는 여러 가지가 있었지만 자신이 좋아하는 뮤지컬을 골라 보고 감상문을 쓰는 것과 가족 신문을 만들어 오는 것, 일기를 쓰는 것이 가장 어려워 보였어요. 영주는 얼른 정신을 차리고 알림장을 보며 방학 숙제 계획을 세우기 시작했어요.

'어떤 뮤지컬을 볼까?'

영주는 완벽하게 방학 숙제를 하고 싶은 마음에 인터넷에서 자료를 찾기 시작했어요. 그런데 이것저것 보고 싶은 게 많아서 고르기가 어려웠어요. 결국 인터넷으로 자료 검색하는 데 많은 시간을 흘려보내고 말았지요. 겨우 보고 싶은 뮤지컬을 결정하고 보러 갈 날짜와 시간을 알아보려는데, 영주는 문득 걱정스러운 마음이 들었어요.

'혹시 나랑 똑같은 뮤지컬을 보는 친구가 있으면 어떡하지? 그럼 분명 숙제가 비교될 텐데……. 다른 뮤지컬을 더 알아볼까?'

불안한 마음에 영주는 다시 뮤지컬을 알아보기로 했어요. 그런데 어느덧 학원 갈 시간이 다 되었네요. 영주는 제대로 알아보지도 못하고 급하게 준비한 뒤 학원으로 뛰어갔어요. 하지만 학원에서도 영주는 '어떤 뮤지컬을 볼까?' 하는 생각으로 학원 수업에 집중할 수 없었어요.

집에 돌아오자 이번엔 다른 방학 숙제가 떠올랐어요. 바로 가족 신문 만드는 것이었어요.

'가족 신문을 제일 잘 만드는 사람에게 선생님이 상도 준다고 했어. 이건 내가 꼭 1등 해야 돼! 그럼 뮤지컬보다 가족 신문 숙제를 먼저 해야겠다.'

영주는 이번에는 가족 신문을 만들기 위해 가족 앨범을 꺼내 살펴보기 시작했어요. 어렸을 때 사진들 중에 잘 나온 사진들을 먼저 골랐어요.

'다른 애들은 어떤 식으로 가족 신문을 꾸밀까? 나보다 잘하면 안 되는데……'

이런저런 생각을 하며 엄마, 아빠 사진을 고르던 영주는 어영부영

저녁 시간까지 다 보내 버리고 말았어요.

'음……. 그냥 내일 해야겠다. 이제 일기 써야지.'

일기장을 꺼내던 영주는 손뼉을 탁 치며 혼잣말을 했어요.

"아, 맞다! 은영이랑 채팅하기로 했는데!"

영주는 일기 숙제도 미뤄 놓고 컴퓨터를 켰어요. 그리고 은영이와 늦은 시각까지 채팅을 하다가 잠들고 말았어요.

그다음 날도, 또 그다음 날도 영주는 방학 숙제를 완벽하게 하겠다고 생각만 할 뿐 실행에 옮기지 못했고, 오히려 점점 게을러졌어요. 컴퓨터로 뮤지컬을 고르거나 가족 신문을 어떻게 만드는지 자료를 찾다가 지루해지면 게임을 시작하곤 했지요.

'딱 한 시간만 하다가 숙제해야지.'라는 생각만 수십 번씩 반복되었어요. 머릿속엔 숙제 생각이 가득했지만 정작 영주의 손은 컴퓨터 게임을 멈추지 못했어요.

어느덧 시간이 흘러 개학이 코앞으로 다가왔어요. 무엇을 볼까 망설이다가 결국 보지 못한 뮤지컬, 사진만 고르다가 만들지 못한 가족 신문, 매일매일 써야 하는 일기까지……. 영주는 제대로 끝낸 숙제가

단 하나도 없었어요. 개학에 가까워질수록 마음이 급해지고 불안해진 영주는 숙제에 더욱 집중할 수가 없었어요.

'내일 해야지.'

'게임 조금만 더 하다가 해야지.'

'완벽하게 해야 하니까 좀 더 생각해 봐야지.'

영주는 매일 이런 생각만 하다가 아깝고 소중한 방학을 모두 보내버리고 말았어요. 여러분은 이런 영주를 보며 어떤 생각이 들었나요? 혹시 여러분도 영주처럼 생각만 하면서 불안해하고 시간을 낭비하고 있지는 않나요?

영주는 방학 숙제를 준비하면서 늘 불안한 마음을 가지고 있었어요. 뮤지컬을 고르다가도 다른 친구들과 겹칠까 봐 불안해하고, 가족 신문을 만들다가도 다른 친구들이 더 잘하면 어쩌나 걱정만 하다 보니 결국 아무것도 하지 못했지요.

'완벽하게 하려고 하지만 게을러진다.'라는 말을 들어 본 적 있나요? 말이 안 되는 것처럼 보이지만 너무 완벽하게 모든 일을 하려다

보면 영주처럼 나도 모르게 게을러지게 돼요. 쉽게 할 수 있는 일들인데도 완벽에 대한 걱정과 불안함을 갖게 되면 자꾸 미루고 결국엔 포기하게 되는 거죠.

영주의 가장 큰 목표는 바로 완벽하게 숙제를 하는 것이었어요. 완벽하게 하고 싶은 마음 때문에 불안함이 커진 거예요. 그렇다면 불안한 마음을 어떻게 억눌러야 할까요?

바로 계획을 제대로 세우는 것이랍니다. 또한 그 계획 안에 목표까지 제대로 만들어 놓아야 텔레비전이나 컴퓨터 같은 다른 유혹에 빠지지 않고 실행할 수 있어요.

계획과 목표는 큰 것보다는 아주 작은 것부터 세워야 해요. 예를 들면 한 달 목표를 세우기 전에 일주일의 목표를, 일주일의 목표를 세우기 전에는 하루의 목표를 세우는 것이죠. 작은 목표를 먼저 세워야 하는 이유는 너무 큰 목표를 세우면 시작도 하기 전에 지치기 때문이에요.

차근차근 계획과 목표를 넓혀서 내 삶의 목표까지 세워 보세요. 만약 '나는 커서 선생님이 될 거야.'라는 목표를 세운 친구가 있다면 선

생님이 되기 위해 구체적으로 어떻게 해야 하는지도 스스로 찾아보

세요. 꿈과 목표에 더욱 가까워진 내 모습을 볼 수 있을 거예요.

PART 2

불안한 마음,
이렇게 다스려요

자꾸 걱정하게 돼요

'양 서른다섯 마리, 양 서른여섯 마리, 양 서른일곱 마리…….
아, 큰일 났네. 내일 시험이라 빨리 자야 하는데…….'

연주는 좀처럼 잠들 수가 없었어요. 지난 시험 때 날을 새우고 시험
을 봤다가 망쳤던 기억 때문에 이번엔 일찍 공부를 끝내고 잠자리에
들었어요. 그런데 머릿속은 하얗고 내일 있을 시험 걱정 때문인지 오
히려 정신이 점점 또렷해지기만 했어요.

잠은 안 오고, 시간은 벌써 새벽 두 시가 가까워지고 있었어요. 연

주의 마음이 더욱 조마조마해졌어요. 연주는 결국 새벽 세 시가 돼서야 겨우 잠에 들 수 있었어요.

다음 날 아침, 연주는 일찍 눈을 떴지만 몇 시간밖에 못 잔 탓에 머리가 맑지 못했어요.

아침밥은 꼭 먹어야 한다는 엄마의 말에 연주는 할 수 없이 식탁 앞에 앉아 꾸역꾸역 밥을 먹기 시작했어요. 일어나자마자 화장실을 다녀왔는데도 연주는 아침을 먹는 와중에 소변이 마려워 화장실에 또 다녀왔어요. 시험 볼 생각을 하니 이번엔 배가 아팠어요.

"엄마, 배가 아파서 도저히 못 먹겠어요. 그만 먹으면 안 돼요?"

"시험이라 스트레스를 많이 받았나보구나. 그래, 괜히 억지로 먹다가 체하지 말고 그만 먹으렴."

연주는 오늘 시험 볼 생각에 마음이 조마조마했어요. 학교에 도착해서도 시계를 보며 안절부절못하고 화장실을 들락날락했어요. 짝꿍 수희가 물었어요.

"왜 이렇게 화장실을 자주 가?"

"몰라. 자꾸 소변이 마려워서……."

"공부는 많이 했어?"

"아니……. 큰일이야. 너무 떨려서 눈에 아무것도 안 들어와."

수희가 걱정스럽게 연주를 바라보았어요.

1교시는 국어 시험이었어요. 연주는 노트와 교과서를 보며 마지막 정리를 하려 했지만 배가 아프고 심장이 뛰어서 제대로 볼 수가 없었어요. 연주는 1분, 1초가 지나가는 게 너무 무서웠어요. 시험 시간이 가까워질수록 연주의 배는 더욱 아파 왔어요.

'어떡하지? 5분밖에 안 남았는데……. 얼른 화장실 가야겠다.'

연주는 시간을 확인하고 재빨리 화장실로 뛰어갔어요. 하지만 조금 전에도 화장실을 갔다 왔기에 소변은 나오지 않았어요.

"딩동댕!"

계속 배가 아파 변기에 앉아 있는데 1교시를 알리는 종이 울렸어요. 연주는 허겁지겁 화장실에서 뛰쳐나와 교실로 향했어요.

연주가 막 자리에 앉았을 때 선생님이 시험지를 들고 들어왔어요.

"결석한 사람 없죠? 열심히 한 만큼 좋은 결과가 있을 거예요."

선생님이 말씀하는 와중에도 연주는 여전히 누군가 배를 꽉 조이

는 것처럼 아팠어요. 선생님은 말씀을 마치고 앞줄에 시험지를 나누어 주었어요.

"자, 이제 시험지 뒤로 돌리세요."

연주의 이마에서 식은땀이 흘렀어요. 손에도 땀이 났어요. 연필이 자꾸 미끄러지자 옷에 땀을 슥 닦았어요. 여전히 쿵쾅쿵쾅 심장 뛰는 소리가 귀에 들리는 것 같았어요. 마침내 시험지를 받자 연주의 머릿속은 백지장이 된 듯 새하얗게 변해 버렸어요.

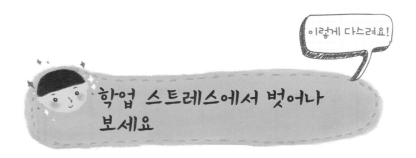

이렇게 다스려요!

학업 스트레스에서 벗어나 보세요

많은 학생이 초등학교 때부터 공부와 시험, 성적 스트레스를 받고 있어요. 실제로 한 조사에 따르면 절반에 가까운 초등학생들이 학업 때문에 스트레스를 받는다고 해요.

친구들과 신 나게 뛰어놀고, 하나하나 배워 나가며 즐겁게 공부를 해야 할 때인데, 공부와 시험 때문에 지나치게 스트레스를 받다니 안타까운 일이지요. 심한 스트레스는 마음은 물론 몸까지 아프게 해요. 과연 어떻게 해야 학업 스트레스에서 벗어날 수 있을까요?

먼저 결과보다는 과정이 중요하다는 것을 알아야 해요. 시험을 코앞에 두고 하는 벼락치기 공부가 아닌, 평소에 꾸준히 노력하는 것이 중요해요. 이런 과정이 쌓이다 보면 결과 또한 좋을 거예요. 벼락치기는 어쩌다 효과가 있을 수도 있지만, 그건 진짜 내 실력이 아니에요. 시험을 마치고 나면 금방 잊어버리기 때문에 매번 똑같은 것을 반복해 공부해야 합니다.

또 한 가지 기억해야 할 것은, 만에 하나 시험을 망치더라도 크게 잘못되지 않는다는 사실이에요. 컵에 물이 반 정도 담겨 있다고 상상해 보세요. 여러분은 이 컵의 물을 보고 "물이 반밖에 안 남았네?"라고 말하는 친구인가요? 아니면 "물이 반이나 남아 있네."라고 말하는 친구인가요? 후자처럼 긍정적인 태도를 가져 보세요.

시험을 떠올리면 '난 안 될 거야.', '아마 난 시험을 망쳐 버리고 말

거야.' 하는 생각이 드는 친구들이 있다면 생각을 이렇게 바꿔 보세요.

'이번에 시험을 잘 못 보았더라도 틀린 것을 다시 공부하고 틀린 이유를 찾아본다면 다시는 그 문제를 틀릴 일이 없을 거야.'

그래도 마음이 불안하면 눈을 감고 내가 걱정하는 최악의 결과를 생각해 보세요. 그리고 정말 그렇게 될지 곰곰이 따져 본 다음, 잘하고 있는 내 모습도 함께 그려 보세요. 시험을 망칠까 봐 불안한 마음 대신 긍정적이고 자신감 넘치는 내 모습을 상상하는 거예요.

'시험지를 받아 보니까 그동안 공부했던 게 머릿속에 정리가 되는구나. 다행히 아는 문제만 나와서 차근차근 잘 풀리네. 문제를 다 풀었는데도 10분이나 남았어. 시험이 끝나니까 진짜 좋다.'

그리고 나만의 긍정적인 한마디를 만들어 보세요.

'실수는 누구나 할 수 있다. 그리고 그 실수를 통해 배울 수 있다.'

'내가 생각하는 최악의 상황은 절대 일어나지 않는다.'

이런 말을 만들며 내 마음을 달래 보는 거예요. '사람은 생각하는 대로 산다.'라는 말이 있어요. 긍정적인 생각으로 불안한 마음을 덜어 보세요.

정말로 중요한 것은 성적이 아니라 내가 얼마나 진실되게

노력했는지, 얼마나 꾸준하게 공부했는지의 과정이랍니다.

엄마가 사라질까 봐 무서워요

어느 날 새벽, 시끄러운 소리에 현주는 잠에서 깨어났어요.

안방에서 엄마와 딱 붙어 자던 현주는 옆에 엄마가 없다는 걸 깨달았어요.

눈을 비비며 거실을 나가려던 현주는 멈칫했어요. 거실에서 부모님이 싸우고 있었기 때문이에요. 무엇 때문인지는 모르지만 부모님의 언성이 높아지는 걸 보니 끼어들면 안 될 것 같았어요.

현주는 살그머니 다시 자리에 누웠어요. 눈을 꼭 감고 잠을 청했지만 불안한 마음에 다시 잠들 수 없었어요. 그리고 얼마 후, 거실이 조용해졌고 아빠가 안방 문을 "쾅" 닫으며 들어왔어요. 현주는 숨을 죽이며 엄마가 들어오는지, 엄마의 목소리는 안 들리는지 귀 기울였지만 엄마는 방에 들어오지도, 목소리가 들리지도 않았어요.

그리고 다음 날, 현주는 엄마의 목소리에 잠에서 깨어났어요.

"현주야, 학교 가야지."

현주는 엄마의 목소리를 듣고 벌떡 일어났어요. 엄마가 집을 나간 줄 알고 걱정을 하다가 깜빡 잠이 들고 말았던 거예요.

엄마를 보자 현주는 불안한 마음이 싹 사라졌어요. 그리고 편안한 마음으로 학교 갈 준비를 했어요. 학교에 나서려다 현주는 엄마에게 이렇게 말했어요.

"엄마, 저 5,000원만 주세요."

"뭐? 학교 가는데 5,000원이 왜 필요하니?"

"학교 끝나고 친구들이랑 햄버거 먹으려고요."

"엄마 돈 없어. 그리고 햄버거 때문이라면 더더욱 안 돼. 늦기 전에 빨리 학교 가!"

"왜요? 저도 친구들이랑 햄버거 먹으면서 놀고 싶단 말이에요!"

"너까지 자꾸 속상하게 할 거니? 자꾸 그러면 엄마 오늘부터 집에

안 들어올 거야!"

안 들어오겠다는 엄마의 말에 현주의 눈에서 눈물이 뚝뚝 떨어졌어요. 하지만 엄마는 아랑곳하지 않고 회사에 갈 준비를 계속했어요.

"너 지금 학교 안 가면 엄마 진짜 안 들어온다!"

현주는 할 수 없이 눈물을 닦고 집을 나섰어요.

어깨가 축 처진 현주는 학교로 향했어요. '엄마가 진짜 안 들어오면 어떡하지?'라는 생각이 머릿속에서 떠나질 않았어요.

학교에 도착해서도 공부할 의욕이 생기지 않았어요. 친구들이 말을 걸어도 힘없이 짧게 대답할 뿐이었어요.

곧 1교시 미술 시간이 시작되었고, 선생님이 들어왔어요.

"자, 오늘은 내가 가장 좋아하는 사람을 그리는 시간이에요. 짝꿍을 그릴 수도 있고, 부모님을 그릴 수도 있겠지요. 지금부터 자유롭게 그려 보세요."

현주는 누굴 그릴까 곰곰이 생각해 보았어요. 가장 먼저 떠오른 건 바로 엄마였어요. 엄마 얼굴이 떠오르자 보고 싶어서 눈물이 날 것 같았어요. 게다가 아침에 있었던 일이 떠올라 현주는 마음이 불편했어요.

'아빠랑 싸워서 속상하실 텐데 나까지……. 엄마 얼굴 예쁘게 그려서 빨리 집에 가서 보여 드려야지.'

현주는 엄마가 좋아하는 모습을 떠올리며 정성을 들여 그림을 그리기 시작했어요. 엄마의 머리 위에 왕관도 그리고 공주처럼 예쁘게 꾸몄어요. 선생님이 보고는 잘 그렸다며 칭찬도 해 주었어요. 대표로 나가 친구들 앞에서 그림을 발표하기도 했어요.

엄마에게 보여 줄 생각에 현주는 하루 종일 수업이 끝나기만을 기다렸어요. 그리고 수업이 끝나기 무섭게 집으로 달려가 엄마가 회사에서 오기만을 애타게 기다렸어요.

그런데 엄마가 회사에서 돌아올 시간이 지났는데도 오지 않는 거예요. 현주는 점점 불안해지기 시작했어요.

'이상하다……. 엄마가 올 시간이 한참 지났는데……. 정말 아침에 내가 속상하게 해서 안 오는 건가?'

텔레비전을 보고, 숙제를 해도 집중이 되지 않았어요.

'엄마한테 무슨 일이 생긴 건 아니겠지?'

현주는 틈이 나는 대로 집 밖을 살펴보았어요. 하지만 엄마는 보이지 않았어요.

불안한 마음에 휴대 전화로 전화를 걸어 보았지만 엄마는 물론 아빠도 전화를 받지 않았어요. 불안한 마음은 점점 더 커져 갔어요.

'어디서 사고라도 난 게 아닐까? 정말 엄마가 나 때문에 도망간 건 아니겠지?'

불안한 마음에 현주는 결국 울음을 터뜨리고 말았어요. 아무도 없는 집에서 대성통곡을 하며 울고 있는데 현관문이 열리는 소리가 들렸어요.

"엄마 왔다!"

현주는 부리나케 현관으로 뛰어나가 엄마를 끌어안고 펑펑 울기 시작했어요.

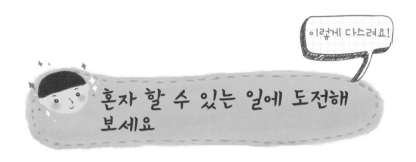

이렇게 다스려요!

혼자 할 수 있는 일에 도전해 보세요

엄마, 아빠가 싸우는 모습을 보면 현주처럼 괜히 불안해지고 쉽게 잠을 이룰 수가 없지요.

이럴 땐 혼자 끙끙 앓지 말고 부모님에게 자신의 감정을 솔직하게 털어놓아 보세요. 말을 하지 않으면 우리는 상대방이 어떤 생각을 하는지 알 수 없으니까요.

특히 요즘은 스마트폰의 발달로 학교뿐만 아니라 집에서도 친구와 대화를 쉽게 나눌 수 있지요. 그래서 부모님보다는 친구들에게 자신의 고민거리를 나누는 일이 많아졌어요. 상대적으로 부모님과의 대화 시간이 줄어든 것이지요. 친구들과 돈독하게 지내는 것도 좋지만 무엇보다 부모님과의 꾸밈없는 대화를 통해 서로의 생각을 나누는 게 좋아요.

"엄마, 아빠가 싸우셔서 제 마음이 아팠어요."

"부모님이 싸울 때 어떻게 해야 할지 모르겠어요."

이렇게 부모님과 진솔하게 이야기를 하다 보면 부모님도 여러분의 마음을 이해할 수 있고, 여러분도 부모님의 마음을 헤아릴 수 있을 거예요.

부모님과 진솔한 이야기를 한 뒤에는 혼자서 할 수 있는 일들에 도전해 보세요. 마음을 정리할 때는 내 주위를 깨끗하게 만드는 것도 좋아요. 부모님의 도움 없이 그동안 미루어 두었던 방 정리를 해 보는 거예요. 깔끔해진 방 안에서 내가 좋아하는 음악을 듣거나 좋아하는 책을 읽으면 머릿속이 깨끗해진 방처럼 잘 정리될 거예요.

3
사람들 앞에 서면 얼굴이 빨개지고 떨려요

내일은 1박 2일로 민속촌에 체험 학습을 가는 날이에요.

그런데 용준이는 하나도 신이 나지 않았어요. 체험 학습 장기 자랑 때 친구와 함께 노래를 부르기로 했기 때문이에요. 반에서 한 팀씩 대표로 나가야 하는데 아무도 하려는 사람이 없었어요. 그래서 제비 뽑기를 했는데 하필이면 용준이와 지훈이가 장기 자랑에 뽑히고 말았지요. 평소에도 남들 앞에서 발표를 잘 못하는 용준이는 스트레스가 이만저만이 아니었어요.

저녁 식사를 하며 한숨을 푹푹 쉬는 용준이를 보고 엄마가 물었어요.

"용준아, 왜 그렇게 한숨을 쉬니? 걱정거리 있니?"

"아무것도 아니에요."

용준이는 퉁명스럽게 대답했어요. 그러더니 또 한숨을 쉬었어요. 밥을 먹고 방으로 들어간 용준이는 내일 체험 학습에 갈 준비를 하기 시작했어요.

'아, 정말 가기 싫다……. 잘 모르는 애들 앞에서 어떻게 노래를 부르지?'

한숨을 푹푹 쉬고 있다가 아무것도 하기 싫어진 용준이는 컴퓨터 게임을 시작했어요. 게임을 하는 와중에도 장기 자랑 걱정 때문인지 계속 지기만 했어요.

"아, 짜증 나! 정말 되는 게 하나도 없네!"

그때 엄마가 방으로 들어왔어요.

"용준아, 내일 체험 학습 갈 준비는 다 했니?"

용준이는 쭈뼛거리며 대답했어요.

"아니요……."

"내일 학교 갈 준비하고 일찍 자야지."

용준이는 할 수 없이 컴퓨터를 끄고 엄마와 함께 체험 학습 갈 준비를 끝낸 뒤 잠자리에 들었어요.

다음 날 아침, 용준이는 이불 속에서 뭉그적거리다가 겨우 일어났어요. 일어나자마자 나오는 건 한숨이었어요.

'아프다고 할까? 아냐, 열도 안 나는데 안 믿어 줄 거야. 진짜 가기 싫은데 어떡하지?'

용준이의 얼굴엔 걱정이 한가득이었어요. 엄마는 그런 용준이 마음도 모르고 말했어요.

"민속촌 잘 구경하고, 친구들하고 재미있게 잘 놀다 오렴."

"네……."

용준이는 아침도 대충 먹고 힘없이 집을 나섰어요. 학교를 가는 발걸음이 무겁기만 했어요. 짜증이 나서 땅 위에 돌멩이들을 발로 뻥뻥 차기도 했어요.

학교에 도착해 친구들을 만났지만 하나도 반갑지 않았어요. 민속촌을 향하는 버스 안에서도 괜히 친구들에게 투정과 짜증을 부렸지요. 용준이는 창밖만 보며 인상을 찌푸렸어요. 노래를 같이 부를 지훈이가 용준이 옆자리로 와서 앉았어요.

"용준아, 노래 연습 많이 했어?"

"아니……."

용준이는 무대에 설 생각만 해도 심장이 두근거렸어요. 지훈이는 옆에서 오늘 장기 자랑 때 부를 노래를 연습하느라 정신이 없었어요. 지훈이가 같이 하자고 했지만 용준이는 시무룩하게 쳐다보기만 했어요.

민속촌에 도착해 점심을 먹고 견학을 했어요. 하지만 용준이 머릿속에는 온통 장기 자랑 걱정뿐이어서 아무것도 보이지 않았어요.

곧 장기 자랑 시간이 되었어요. 다른 반 대표들이 나와 춤을 추고 노래를 부르며 자신의 장기를 마음껏 뽐냈어요.

"자! 그럼 다음은 4학년 2반 이용준, 심지훈 친구입니다!

사회를 보는 친구가 용준이와 지훈이를 소개했어요. 반주가 흘렀고, 지훈이는 아까 버스에서 연습한 대로 열심히 노래를 부르기 시작했어요. 하지만 용준이는 손발이 떨려 마이크를 잡고 있기도 힘이 들었어요.

'어떡하지? 도저히 못 부르겠어.'

용준이는 친구들이 자기를 비웃는 것만 같아 견딜 수가 없었어요.

여기저기서 수군거리는 모습도 보였어요. 결국 용준이의 얼굴과 귀

가 새빨갛게 변하고 말았어요.

"홍당무다!"

멀리서 짓궂은 친구가 용준이를 보며 소리쳤어요. 용준이는 눈물이 나올 것만 같았어요.

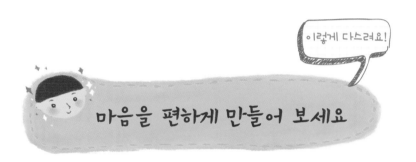

이렇게 다스려요!

마음을 편하게 만들어 보세요

앞으로 여러분은 부모님, 친구, 선생님뿐 아니라 정말 다양한 사람을 만나고 경험하며 살아가게 될 거예요. 또 처음 보는 사람들 앞에서 중요한 발표를 해야 하는 상황이 올 수도 있지요. 그때마다 떨려서 발표를 하지 못한다면 준비를 제대로 하지 않은 무능력한 사람으로 보일지 몰라요. 많은 사람 앞에서 이야기를 자유자재로 하는 것이 힘들다면, 노력으로 극복할 수 있어요.

영국의 정치인이자 노벨문학상을 받은 윈스턴 처칠은 어렸을 때 말을 더듬는 학생이었어요. 그 때문에 많은 친구에게 놀림을 받기도 했지요. 그러나 그는 이런 상황에 낙심하고 우울해하지 않았어요. 그는 걸으면서도 발음이 잘 안 되는 단어가 있으면 될 때까지 연습했어요. 훗날 이러한 연습을 바탕으로 멋진 연설을 할 수 있었고, 많은 사람의 마음을 사로잡았답니다. 지금은 위대한 영국인 100인 중 1위로 꼽히는 등 많은 사람에게 사랑받는 위인으로 남아 있지요.

지금 당장 사람들 앞에서 너무 떨려서 발표를 못한다고 실망하거나 낙심하지 마세요. 처음부터 모든 일을 잘하는 사람은 없답니다. 꾸준히 연습하고 훈련하면 윈스턴 처칠처럼 얼마든지 멋진 연설을 할 수 있어요.

많은 사람 앞에서 발표를 해야 할 일이 있다면 먼저 눈을 감고 숨을 천천히 쉬어 보세요. 그리고 여러 사람 앞에 서면, 나와 가까운 곳에 앉아 있는 한두 사람과 눈을 맞추며 이야기를 해 보세요. 많은 사람과 이야기하는 것이 아니라, 친한 친구 한두 명 앞에서 편안하게 이야기하는 거라고 상상하면 도움이 될 거예요.

자, 그럼 지금 거울 앞에 서서 이 책을 읽은 감상에 대해 이야기해 볼까요? 평소에도 꾸준히 많은 연습을 해야 이겨 낼 수 있어요. 두렵다고 피하기만 하면 여러분은 성장할 수 없답니다. 지금 바로 도전해 보세요!

4

혼자 잠을
못 자겠어요

오늘은 수희네 집 이삿날이었어요.

부모님과 이삿짐센터 아저씨들은 아침부터 분주하게 짐을 나르느라 정신이 없었어요. 수희도 부모님을 도와 작은 짐을 조금씩 날랐어요.

수희는 이제 내 방이 생긴다는 생각에 벌써부터 들떠 있었어요. 수희가 들기엔 짐이 무겁고 힘이 들기도 했지만, 좀 더 넓은 집으로 이사를 가는 게 좋아서 참을 수 있었어요.

끙끙 대며 짐을 나르는 수희를 보며 엄마가 걱정하듯 말했어요.

"수희야, 무거운 짐 들고 어른들 쫓아다니면 다칠 수도 있으니까 밖에 나가서 재준이랑 놀고 있어."

"네, 알겠어요."

수희는 텅 빈 방 안에서 놀고 있는 동생 재준이에게 다가갔어요.

"재준아, 너 뭐해?"

"누나, 누나! 이것 좀 들어 봐. 말하면 소리가 울린다! 아! 아! 누나 바보!"

재준이의 말처럼 재준이의 목소리가 마이크에 대고 말하는 것처럼 방 안에서 크게 울렸어요. 수희는 왠지 무서워졌어요.

"야, 하지 마! 귀신 나올 것 같잖아!"

"에이, 귀신이 어디 있어? 누나는 바보! 귀신 나온대!"

"하지 말라니까! 빨리 나와!"

수희는 재준이를 방 안에서 억지로 끌고 나왔어요. 재준이는 누나에게 끌려 나오면서도 계속해서 소리를 질렀어요.

수희와 재준이가 집 밖에서 공놀이를 하고 있는 동안 부모님과 이 삿짐센터 아저씨들이 짐을 다 옮겼고, 곧 새집으로 출발했어요. 수희와 재준이는 신이 나서 노래를 부르다가 피곤했는지 깜빡 잠이 들었어요. 눈을 떠 보니 어느새 새집에 도착했지요.

어른들은 또 바쁘게 새집으로 짐을 옮기기 시작했어요. 수희와 재준이는 새집 안으로 들어가 이리저리 뛰어다니며 각자 자기 방을 찾아 들어갔어요.

"우와! 엄청 넓다! 집 완전 좋다! 여긴 내 방, 찜!"

재준이는 또 텅 빈 방 안에서 소리가 울린다며 수희를 부르며 놀리기 시작했어요.

"누나는 바보! 귀신 무서워하는 바보!"

그사이 새 가구들이 방으로 하나둘 들어왔고, 수희와 재준이는 각자 자신의 방에 짐을 풀고 정리하기 시작했어요.

하루 종일 이사를 하느라 힘들었기에 온 가족이 저녁을 먹고 일찍 잠자리에 들기로 했어요. 수희와 재준이는 처음으로 부모님과 떨어져 각자의 방에 누웠답니다.

"수희야, 오늘부터는 새 방에서 혼자 잘 수 있지?"

"조금 무섭긴 한데……."

"적응되면 괜찮을 거야. 오늘 이사하느라 많이 피곤했을 텐데 푹 자렴."

"네."

재준이는 피곤했는지 금세 꿈속으로 빠져들었어요. 반면 수희는 쉽게 잠들 수가 없었어요. 부모님과 떨어져 처음으로 혼자 자는 밤이라 그런지 자꾸 무서운 생각이 들었어요. 빈 방에서 목소리가 울리는 것처럼 환청이 들리기도 했어요.

"어떡하지? 잠도 안 오고……. 무서워……."

수희는 더 이상 방 안에 혼자 있을 엄두가 나지 않았어요. 자리에서 벌떡 일어나 부모님 방으로 달려갔어요.

"왜 그래? 무슨 일이니?"

"무서워서 혼자 못 자겠어요."

부모님은 수희를 달래며 함께 잠을 청했어요. 수희도 그제야 잠들 수 있었어요.

그리고 한 달이 지났어요. 밤마다 수희는 혼자 잠들지 못하고 늘 부모님 방으로 왔어요. 그때마다 부모님은 수희를 재워 다시 수희의 방에 눕혔어요. 그런데 어떻게 알았는지 잠에서 깬 수희는 다시 부모님 방으로 달려와 무섭다며 칭얼거렸어요.

부모님은 수희가 언제쯤이면 혼자서 잘 수 있을지 걱정이 태산 같았어요.

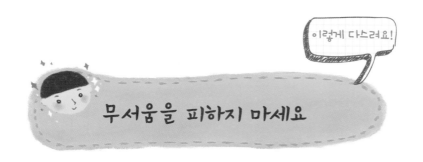

이렇게 다스려요!

무서움을 피하지 마세요

어른들도 무서운 이야기를 듣거나, 자기 전에 무서운 영화를 보면 무서워서 잠을 잘 못 잔답니다. 꼭 무서운 이야기가 아니더라도 괜히 무서운 마음에 혼자 잠을 자지 못하는 친구들이 있어요.

이럴 땐 주위를 너무 깜깜하게 하지 말고, 작은 취침등이 있다면 켜 놓으세요. 자꾸 무섭다는 생각을 하는 대신에 마음을 편안하게 가다 듬는 것이 중요해요.

'너무 무서워. 귀신 나올 것 같아.'

자꾸 이렇게 생각하면 작은 소리에도 예민해져 쉽게 잠들 수 없게 된답니다.

여러분을 위해 한 가지 팁을 알려 줄게요. 우리나라 귀신은 남을 함부로 해치지 않아요. 여러분도 잘 알고 있겠지만 한국 설화 속의 대표적인 귀신은 '처녀 귀신'이에요. 처녀 귀신을 비롯한 우리나라의 귀신들은 어떤 원한 때문에 나타난답니다. 그렇기 때문에 원한이 없으면 사람에게 해를 끼치지 않지요. 또 〈혹부리 영감〉 설화를 보면 도깨비가 노래 잘하는 혹부리 영감에게 상을 주기도 하는 친근한 모습이에요.

그래도 혼자 자는 게 너무 무섭다면 오늘 있었던 즐겁고 신 나는 일들을 떠올려 보세요. 어느새 무섭다는 생각이 사라지고 꿈나라로 떠날 수 있게 될 거예요.

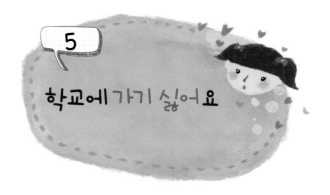

5

학교에 가기 싫어요

"승호야! 빨리 와서 밥 먹고 학교 가야지! 맨날 왜 이렇게 꾸물 거리니?"

월요일 아침, 승호는 엄마가 잔소리를 하고 있는 동안에도 이불 속 에서 꼼지락거리고 있었어요.

'학교 가기 싫은데…….'

승호는 월요일만 되면 우울해졌어요. 벌써 초등학교 3학년이 되었 지만 승호에게 학교는 아직도 낯설고 무서운 곳이었어요.

엄마는 일어날 생각도 하지 않는 승호를 억지로 끌고 나와 씻기고 식탁 의자에 앉히고, 손에 수저와 젓가락을 억지로 쥐게 했어요. 하지만 승호는 먹는 둥 마는 둥 밥과 반찬을 이리저리 깨작거릴 뿐이었어요.

"승호야, 또 학교 가기 싫어서 그러니?"

승호는 아빠의 질문에 고개를 푹 숙이고 대답을 하지 않았어요.

"왜 학교가 가기 싫어? 친구들이 괴롭히니?"

"아니요……."

평소에도 늘 주눅이 들어 있고 소심한 승호가 걱정이 된 아빠는 학교생활에 대해 이것저것 물어보았어요. 하지만 승호는 속 시원하게 대답하지 않았어요. 학교 갈 생각만 하면 이유 없이 답답했기 때문이에요.

승호는 배가 아프다는 핑계를 대며 아침을 다 먹지 않고 책가방을 챙겨 학교로 향했어요. 학교로 가는 발걸음은 무겁기만 했어요. 승호는 삼삼오오 모여 손을 잡고 주말에 무엇을 했는지 이야기를 나누면서 학교로 가는 아이들을 부러운 듯 바라보았어요.

학교에 도착해 자리에 앉아서도 승호의 머릿속에는 온통 집에 가고 싶다는 생각뿐이었어요.

'학교에 왜 다녀야 하는 거지? 학교 정말 너무 싫어.'

그러는 사이 수업을 알리는 종소리가 울렸어요. 1교시는 수학 시간이었어요.

"여러분 주말 잘 보냈죠? 지난주에 수학 숙제를 내 준 것 같은데, 모두 해 왔죠?"

"네!"

아이들은 우렁찬 목소리로 대답했어요.

승호는 또 불안해졌어요. 깜빡하고 숙제를 하지 못했기 때문이에요.

'아, 어떡하지? 숙제 못 했는데. 걸리면 선생님한테 혼나겠지? 큰일 났네……'

선생님은 숙제로 내 준 문제들을 칠판에 적기 시작했어요.

"자! 누가 풀어 볼까요?"

"저요!"

"제가 발표할래요!"

아이들은 서로 자기가 하겠다고 손을 번쩍 들었어요. 반면 승호는 선생님이 자기를 시킬까 봐 불안해졌어요. 숙제를 안 해 온 것도 문제지만 친구들 앞에 나서는 게 더 싫었어요. 승호는 선생님과 눈을 마주치지 않으려고 고개를 푹 숙였어요.

선생님은 아이들을 한번 쭉 훑어보고는 고개를 숙이고 있는 승호를 불렀어요.

"승호야, 나와서 첫 번째 문제 풀어 볼까? 두 번째 문제는 우리 미진이가 풀어 보자."

승호는 자신의 이름이 불리자 심장이 '쿵' 하고 떨어지는 것 같았어요.

'어떡하지?'

의자에서 엉덩이가 떨어지지 않았어요. 그사이 미진이는 "네, 선생님!" 하며 크게 대답을 하고 교실 앞으로 나가서 열심히 문제를 풀기 시작했어요.

"승호야, 얼른 나와서 풀어야지."

선생님은 한 번 더 승호를 불렀어요. 승호의 심장은 더 빨리 뛰기 시작했어요. 승호는 선생님과 친구들의 눈치를 살금살금 살폈어요. 선생님과 친구들 모두 자신만 바라보고 있는 게 너무 싫었어요.

'어떡하지? 못 푼다고 할까? 숙제를 못 했다고 할까?'

승호는 너무 긴장이 되어 화장실이 가고 싶어졌어요. 초등학교 1학년 때 선생님이 발표를 시켜서 자신도 모르게 바지에 오줌을 쌌던 기억이 떠오르자 승호의 마음은 더 불안해졌고 식은땀까지 났어요.

승호는 고개를 푹 숙이고 천천히 일어나 칠판 앞으로 향했어요. 그리고 분필을 잡고 고개를 들어 문제를 보았어요. 눈앞이 하얘지는 것

같았어요. 웅성 웅성거리는 소리에 슬쩍 뒤돌아 친구들을 보니 모두
자신을 비웃고 있는 것만 같았어요. 승호는 교실 밖으로 뛰쳐나가고
만 싶었어요.

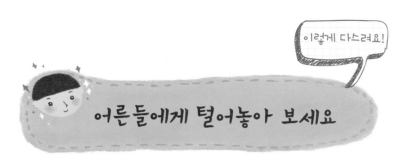

어른들에게 털어놓아 보세요

승호처럼 이유 없이 학교 가는 게 불안하고 힘든 친구가 있나요? 잘 모르는 사람을 만나는 게 어색한 친구가 있나요? 친구들 앞에서 발표하는 게 떨리고 긴장되는 친구가 있나요?

많은 어린이가 학교에 가기 싫어하지요. 그 이유는 여러 가지가 있어요. 학교에서 배우는 것들이 나에게 너무 어렵게 느껴지거나, 친구들이 괴롭히고 무시하거나, 담임 선생님이 정말 무섭거나 등등.

하지만 이런 이유로 학교를 가지 않으면 오히려 걱정과 불안이 더 커지게 돼요. 또 어떤 걱정거리가 생길까요?

'학교에 가기 싫어서 늦장 부리다가 지각했는데, 선생님한테 혼나지 않을까?'

'나도 모르게 학교를 빠져 버렸는데, 집에 가면 부모님이 무척 화를 내시겠지?'

'친구들이 왜 학교 안 나왔냐고 물어보면 뭐라고 대답하지?'

'내가 학교에 안 가면 친구들과 어울릴 시간이 더 없어져서 따돌림 당하는 게 아닐까?'

단순히 하기 싫다는 이유로 해야 하는 일을 하지 않으면, 그 뒤에는 엄청난 대가가 따른답니다. 무작정 학교에 가기 싫다고 부모님에게 떼를 쓰거나 등교를 미루며 지각을 하기보다는, 내가 왜 학교에 가기 싫은지 그 이유에 대해 천천히 생각해 보고 선생님이나 부모님에게 털어놓아 보세요. 어른들이 해결 방법을 알려 주고 여러분을 안심시켜 줄 거예요.

조급한 마음을 다스리고 가라앉히는 것이 가장 중요합니다. 불안은 또 다른 불안을 낳는다는 것을 꼭 명심하세요!

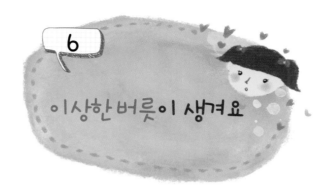

6 이상한 버릇이 생겨요

올해 대학생이 된 수미는 친구들에게 손을 보여 주는 게 너무 부끄러웠어요.

어렸을 때부터 손톱을 물어뜯는 버릇 때문에 손톱이 아주 짧고 못생겨졌기 때문이에요. 수미가 초등학교 2학년이 되던 해부터 손톱 물어뜯는 버릇이 매우 심해졌어요. 아빠의 회사 사정 때문에 다른 지역으로 옮겨가면서 전학을 가게 되었거든요.

수미는 유난히 낯을 심하게 가리고 친구를 사귀기 힘들어했어요.

그러다가 같은 반에, 같은 동네에 살던 진주와 어렵게 친해질 수 있었어요. 그런데 단짝인 진주와 헤어진다는 생각에 전학을 가기 전부터 많이 힘들어했지요.

"엄마, 전학 꼭 가야 해요? 진주랑 헤어지는 거 너무 싫은데……."

"자주 놀러 오고 하면 되잖니? 그 학교에도 진주처럼 좋은 친구들이 많을 거야. 너무 걱정하지 마."

수미는 우울한 마음에 학원도 가지 않고 집 근처 놀이터 그네에 혼자 앉아 있었어요. 전학 갈 생각을 하니 마음이 답답했어요. 새로운 친구들을 만나서 어떻게 친해져야 하나 고민을 하다가 자기도 모르게 손톱을 물어뜯기 시작했어요. 손톱을 뜯다 보니 오히려 마음이 편해졌고, 생각을 깊게 하느라 자기가 손톱을 물어뜯고 있다는 것조차 느끼지 못했지요.

'전학을 가면 잘 적응할 수 있을까? 소심하다고 친구들이 놀리지 않을까? 전학 가서 자기소개는 잘할 수 있을까? 어떡하지? 어떻게 해야 될지 모르겠어.'

그때, 학원을 가던 진주가 놀이터에서 혼자 그네를 타고 있는 수미를 발견하고 달려왔어요.

"수미야! 거기서 뭐 해? 너 학원 안 가?"

멍하게 땅바닥을 보며 손톱을 물어뜯던 수미가 진주의 목소리를 듣고 고개를 들었어요.

"어, 진주야! 학원? 아……. 지금 가야지."

"근데 왜 그렇게 손톱을 물어뜯고 있어?"

"어? 내가 그랬나?"

수미는 그 뒤로도 전학 갈 생각만 하면 자기도 모르게 손톱을 물어뜯게 되었어요.

얼마 뒤, 수미는 예정대로 새로운 학교로 전학을 갔고, 새로운 담임 선생님을 만나 함께 교실로 향했어요. 교실로 들어가자 친구들이 호기심 가득한 눈빛으로 모두 수미를 바라보았어요.

"오늘 새로 전학 온 친구가 있어요. 처음이라 뭐든 낯설 거예요. 여러분이 많이 도와주어야 해요. 알겠죠?"

반 친구들이 한목소리로 "네!" 하며 크게 대답했어요. 선생님이 수미에게 말했어요.

"수미야, 친구들에게 자기소개해 볼래요?"

수미는 친구들과 제대로 눈을 마주칠 수가 없었어요. 교실 앞에 쭈 뼛거리며 선 수미는 개미처럼 작은 목소리로 말했어요.

"안녕? 내 이름은 이수미야."

그러면서 수미는 자기도 모르게 손톱을 물어뜯었어요. 친구들이 수군거렸어요.

"뭐라고 한 거야?"

"모르겠어. 너무 작게 말해서 잘 안 들려."

수미는 눈물이 왈칵 쏟아질 것 같았어요. 수미가 아무 말도 하지 않고 손톱만 물어뜯고 서 있자 선생님이 말했어요.

"수미가 새로운 친구들을 만나서 낯선가 보구나. 오늘 전학 온 친구 이름은 이수미예요. 수미는 모르는 게 있으면 친구들에게 물어보고, 우리 친구들은 수미에게 친절하게 잘 가르쳐 주어야 해요. 알았지요?"

수미는 선생님이 알려 준 자리에 가서 앉았어요. 앉아서도 손톱 물어뜯기를 멈출 수가 없었어요. 이렇게 시작된 수미의 나쁜 습관은 쉽게 고쳐지지 않았어요.

걱정이 되고 불안할 때마다 수미는 항상 손톱을 물어뜯었고, 날이 갈수록 손톱은 점점 짧아지고 울퉁불퉁해지고, 못생겨졌어요. 수미는 중학생이 되고, 고등학생이 되어서도 손톱을 물어뜯는 버릇을 고칠 수가 없었지요. 생각에 빠질 때마다 자기도 모르게 손톱을 물어뜯었기 때문이에요.

이렇게 다스려요!

취미를 만들어요

사람은 마음이 불안하면 다른 행동으로 불안한 마음을 풀려고 합니다. 수미처럼 자신도 모르게 손톱을 물어뜯거나 머리카락을 뽑는 등 좋지 않은 행동으로 스트레스를 풀게 되지요.

하지만 이러한 행동이 반복되면 자신도 모르게 습관이 되어 버린답니다. 여러분도 잘 알겠지만, 한번 몸에 밴 나쁜 습관은 진드기처럼 딱 달라붙어서 떼어 내기가 아주 힘들어요.

만약 수미처럼 손톱을 물어뜯는 버릇이 있는 친구가 있다면 주변 피부가 잘 아물 수 있도록 연고를 바르고, 봉숭아 물을 들이는 등 손톱을 예쁘게 꾸며 보세요. 그래도 손톱을 물어뜯고 싶다면 힘껏 주먹을 접었다 펴 보세요. 손 주위에 답답한 느낌이 사라진답니다.

머리카락을 뽑는 버릇을 갖게 된 친구라면 부모님에게 부탁해 하나로 예쁘게 묶거나 땋아서 머리카락에 자꾸 손이 가지 않도록 하세요.

무엇보다 이런 나쁜 습관이 몸에 배지 않도록 하는 게 가장 중요하겠지요. 그렇다면 불안한 마음과 스트레스를 다른 곳에 풀 수 있어야 해요. 가장 좋은 방법은 내가 좋아하는 취미 생활을 만들어 그 일에 집중하는 거예요.

공부를 떠나 내가 가장 좋아하는 일에는 어떤 것이 있나 생각해 보세요. 친구들과 축구나 농구하기, 태권도나 피아노 배우기, 책 읽기, 노래 부르기, 종이접기 등 여러 가지가 있을 거예요. 좋아하는 일을 하다 보면 나쁜 습관을 고칠 수도 있고, 꿈을 찾기도 쉽지요.

파브르는 곤충이 좋아 끊임없이 관찰하고 연구한 끝에 《파브르 곤충기》라는 위대한 책을 남기기도 했답니다. 자, 그럼 내 불안한 마음을 풀어 줄 취미 생활을 지금부터 시작해 볼까요?

7
이유 없이 괜히 화가 나요

형준이의 머릿속에는 온통 게임할 생각뿐이었어요.

등교나 하교를 할 때도, 수업 시간에도 머릿속에는 빨리 집에 가서 게임을 해야겠다는 생각으로 가득했어요. 게임을 하지 않으면 형준이는 괜히 불안해지고 우울해졌어요.

학교 친구들보다는 게임 속 친구들과 채팅하는 것이 스트레스도 풀리고 훨씬 재미있었어요.

어느 날, 학교 수업이 끝나고 찬영이가 형준이를 불렀어요.

"형준아, 우리랑 같이 축구하지 않을래? 3반 애들이랑 오늘 축구 시합하기로 했는데 인원이 부족해서 말이야."

"싫어."

형준이는 생각도 해 보지 않고 거절했어요. 그러자 찬영이가 다시 한 번 조심스럽게 부탁했어요.

"먼저 얘기했어야 하는데 미안해. 준수가 오늘 갑자기 배탈이 나는 바람에 일찍 집에 가서 사람이 모자라서 그래. 인원수 좀 채워 주면 안 될까?"

"싫다니까 왜 자꾸 귀찮게 그래? 그게 왜 하필 나야? 짜증 나게! 싫다고!"

찬영이는 갑자기 화를 내는 형준이 때문에 당황스러웠어요.

"왜 그렇게 화를 내니?"

"그러게 바쁜데 왜 자꾸 말을 걸어? 아, 짜증 나!"

형준이는 또 버럭 화를 내고는 가방을 메고 학교 근처 게임방으로 뛰어갔어요. 형준이는 빨리 게임방에 가고 싶은데 찬영이가 붙잡아 화가 났던 거예요.

'게임 친구들 빨리 만나야 되는데 왜 붙잡고 난리야!'

형준이는 한 번도 쉬지 않고 달려 게임방에 도착했어요. 컴퓨터 앞에 앉아 게임 사이트에 접속하고 아이디와 비밀번호를 입력했어요. 그런데 마음이 급해서인지 자꾸 오타가 나서 접속이 되지 않았어요.

"에이, 왜 이렇게 안 돼!"

형준이는 자기도 모르게 소리를 질렀어요. 마음이 불안해져 다리를 떨고 손톱을 물어뜯으면서 로그인이 되기만을 기다렸어요.

마침내 게임이 시작되었어요. 형준이는 시간이 가는 줄도 모르고 게임 속 친구들과 게임에 빠져 신 나게 게임을 했어요. 하루 동안 쌓였던 모든 스트레스가 다 날아가는 것 같았어요.

게임을 하다가 잘 풀리지 않으면 형준이는 큰 소리로 욕을 하고 짜증을 냈어요. 주위에 있는 사람들이 불편한 듯 쳐다보았지만 아랑곳하지 않았어요.

저녁 먹을 시간이 훌쩍 지나 동생 아름이가 형준이를 찾으러 게임방으로 왔어요.

"오빠! 게임방에 있을 줄 알았어!"

아름이가 바로 옆에서 형준이를 불렀지만 형준이는 게임에 흠뻑 빠져 들을 수 없었어요.

"아이참, 오빠!"

아름이가 더 크게 부르자 형준이는 힐끗 아름이를 돌아보았어요.

"뭐야? 너 왜 왔어?"

"엄마가 빨리 오래. 오빠 인제 아빠한테 혼났다. 학원 안 가고 게임 하는 거 다 걸렸어."

"뭐? 네가 일렀지? 너 죽었어! 아, 뭐야! 게임에서 졌잖아!"

형준이는 컴퓨터 책상을 "쾅" 내려치고는 아름이의 머리를 한 대 때렸어요.

"뭐야! 왜 때려!"

"너 때문에 졌잖아! 왜 자꾸 옆에서 깐죽거려?"

"으앙!"

아름이가 형준이에게 맞고 울며 집으로 돌아갔어요. 형준이는 아름이가 울거나 말거나 다시 게임에 몰두했어요. 형준이는 잠시라도 게임에서 눈을 떼면 마음이 편안하지 않고 신경이 곤두섰어요.

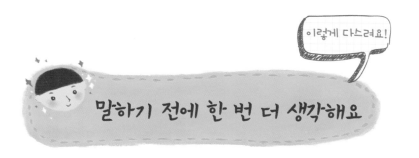

말하기 전에 한 번 더 생각해요

형준이처럼 나의 불안한 마음이나 스트레스를 다른 사람에게 푼 친구들이 있을 거예요. 하지만 내가 가지고 있는 불안한 마음은 다른 사람의 탓이 아니에요. 부모님이나 친구가 만든 것이 아닌, 나 자신이 만든 것이지요.

그렇기 때문에 그 불안을 없애는 것도 온전히 내가 감당해야 하고, 내가 이겨 내야 하는 일이랍니다. 내 스트레스 때문에 다른 사람이 상처를 받아서는 안 되겠지요. 가장 좋은 방법은 불안한 마음을 없애는 것이고, 그다음에는 다른 사람에게 말을 하기 전에 한 번 더 생각하는 거예요. 또한 그 불안함과 스트레스를 앞서 말한 취미 생활로 푸는 것도 중요합니다.

형준이처럼 불안함을 컴퓨터 게임을 통해 푸는 친구들이 많아요. 스마트폰에 중독되어 휴대 전화를 손에서 놓지 않는 친구들도 많지요. 실제로 2011년의 한 조사에 따르면 청소년의 스마트폰 중독률은 11.4퍼센트였어요. 성인이 7.9퍼센트인 것에 비해 상당히 높은 수치이죠.

게임 대신 조금 더 건전한 취미 생활로 스트레스를 푸는 것이 좋답니다. 게다가 게임은 내가 원하는 대로 잘 풀리지 않을 경우 더 큰 스트레스를 받을 수 있어요. 스트레스를 풀기 위해 게임을 시작했다가 형준이처럼 깊이 빠지게 되면 되돌릴 수 없게 돼요. 게임이 꼭 하고 싶다면 게임으로 스트레스는 풀되 본인 스스로가 조절할 수 있도록 시간을 정해 놓고 지키는 것이 중요합니다.

자신의 불안함 때문에 다른 사람에게 화를 내다가 점점 심해지면 자신의 분노를 조절하지 못하는 상황이 올 수도 있어요. 그렇기 때문에 자신의 감정을 조절하고 다스리는 일은 매우 중요해요.

평소에도 말을 하기 전에 '내가 이 말을 했을 때 상대방이 상처를 받지 않을까?' 하고 한 번 더 생각하는 습관을 들여야 합니다. 말은 한 번 내뱉으면 다시 주워 담을 수 없기 때문에 늘 조심해야 해요.

이처럼 말은 매우 중요하기에 말과 관련된 속담도 정말 많답니다.

어떤 속담이 있는지 알아 볼까요?

가는 말이 고와야 오는 말도 곱다.

발 없는 말이 천리 간다.

쌀은 쏟고 주워도 말은 하고 못 줍는다.

남의 말하기는 식은 죽 먹기.

밤말은 쥐가 듣고 낮말은 새가 듣는다.

이 속담들이 공통적으로 주는 교훈은 말을 조심해야 한다는 것입니다. 내 불안을 다른 사람을 통해 푸는 대신, 서로 배려하면서 함께 취미 활동을 즐겨 보세요.

엄마 아빠가 읽어요

강원대학교 소아정신과 황준원 교수님의
우리 아이 불안 증상 극복법

1

• 아이들은 왜 불안해할까요?

별일 아닌데도 괜히 가슴이 답답하고 두근거리면서 뭔가 마음이 불편한 느낌은 누구나 살아가면서 조금씩 경험하는 감정입니다. 불안은 한마디로 '뭔가 위험을 예견하면서 정서적으로 불편함을 경험하는 것'이라고 말할 수 있습니다. 불안은 사실 우리 몸이 스트레스에 대해 정상적으로 반응하면서 나타나는 것이랍니다.

사람의 몸에는 맥박이나 소화처럼 우리가 의식하지 않아도 저절로 움직이는 기관이 많이 있어요. 이런 기관들은 '자율신경계'의 조절을 받아 움직이는데, 그중 '교감신경계'는 사람이 스트레스를 받는 상황이 될 때 여기에 맞설 준비를 한답니다. 적당한 스트레스는 사람을 기운차게, 집중하게, 졸지 않고 깨어 있게 만들어 생활의 활력소 역할을 하게 되지요.

일시적인 공포와 불안은 정상 발달에서도 흔히 나타나는 현상입니다. 예를 들어, 영아는 즉각적인 환경에서 자극에 의해 쉽게 놀라고 수시로 불안을 경험하지요. 이는 돌 무렵 낯선 사람, 낯선 장소, 높은 곳에 대한 공포로 이어집니다. 이후 걸음마기의 아동은 어두움, 상상 속의 생물을 무서워하며 양육자와 떨어지는 걸 두려워하게 됩니다.

초등학교 저학년 시기에는 작은 동물이나 신체 손상, 귀신, 자연재해, 죽음 등에 대해 공포를 느끼며, 청소년기 무렵에는 건강과 학업 수행뿐 아니라 또래 관계에서 관심을 제대로 받는지, 거부당하는지가 주된 불안의 요소가 됩니다.

이러한 정상적인 발달에서 불안은 약 70퍼센트의 사람들이 경험할 정도로 흔한 일이고, 심각한 고통이나 기능 저하를 유발하지 않으며, 나중에 병적인 불안이 될 가능성도 적습니다.

이에 비해 병적으로 심한 불안을 느끼는 아이는 태어날 때부터 새로운 상황이나 자극에 조심스럽고, 조용하고, 부끄러움을 많이 타는 기질(temperament, 전체 아이들 중 약 15퍼센트가 이런 기질을 갖고 있다고 합니다)이거나, 가족 중에 심한 불안을 지닌 사람이 있거나, 부모님이 아이에 대한 애착이 불안정하거나, 지나치게 매사를 지시하고 과보호하는 양육 환경에서 자랐을 확률이 높습니다.

스트레스가 너무 많이, 오래 지속되는 경우에는 교감신경계 또한 활발해지지요. 이럴 경우, 정신적으로는 심하게 불안해하거나 우울해지면서 심장이 두근거리고 맥이 빨리 뜁니다. 그리고 나도 모르게 한숨을 쉬거나 숨을 빨리빨리 쉬게 됩니다. 또한 두통, 근육통, 위장 장애, 면역 기능 약화, 전신 쇠약감, 수면 장애 등도 함께 올 수 있어요.

이렇게 해서 생기는 심한 불안, 즉 병적 불안은 성장에 현저한 지장을 초래하거나 성인기까지 지속되는 문제들이므로 불안 장애(anxiety disorder)로 분류됩니다. 불안 장애는 소아 청소년 중 약 7분의 1이 경험한다고 하니, 생각보다 정말 많은 아이가 심한 불안 때문에 고생

하고 있는 것입니다.

특히 부모님이 유의해야 할 것이 있습니다. 과도하게 불안감을 느끼는 아이들은 평소에 종종 "모범생이다.", "예의 바르다.", "철이 일찍 들었다."라는 평을 듣습니다. 이런 아이들은 실수하거나 혼나는 것이 너무 두렵기 때문에 불안을 느끼는 것입니다.

이러한 현상을 무심히 지나치면 일상생활에서 지나친 스트레스를 받게 됩니다. 특히 사춘기 무렵이 되면 일상생활의 스트레스를 무조건 회피하려고 하는 식의 행동을 보이니 반드시 유의해 주세요.

2

• 아이들의 심한 불안에는 어떤 종류가 있나요?

아이들의 심한 불안에는 여러 종류가 있습니다. 특정 사물이나 상황에 대한 공포를 특징으로 하는 특수 공포증과 대인관계 상의 공포를 특징으로 하는 사회 공포증, 원치 않는 생각이 자꾸 들고, 이를 자신만의 방식으로 해소하지 못하면 불안해지는 강박 장애, 갑작스러운 쇼크 상태처럼 크게 불안을 느끼는 공황 장애, 사소한 일상사의 고민에 대한 만성적인 불안감이 특징인 범불안 장애 등이 있지요. 또 생명에 위협을 줄 정도의 심한 스트레스로 인한 급성 스트레스 반응 및 외상 후 스트레스 장애와 누구나 경험할 수 있는 일상의 스트레스이지만 과도할 경우 겪는 적응 장애도 있습니다.

아이들에게는 보통 특수 공포증, 분리 불안 장애, 범불안 장애 등이 흔히 나타나는데, 우선 불안 장애를 경험하는 소아 청소년은 지역 사회 아동의 5~18퍼센트, 청소년의 0.6~7퍼센트 정도로 조사되고 있습니다. 대개 강박증을 제외하고는 여학생이 남학생보다 더 많이 경험하고, 경제적 상태가 좀 더 낮은 경우에 불안을 더 자주 경험하지만, 경제적 상태가 나은 경우에는 범불안 장애가 더 많이 나타나는 특성을 보입니다.

불안 장애의 종류는 많지만 아이들의 경우, 발달 상황에 따라 '불안 수준이 원래 높은 아이'가 여러 대상과 상황에 대해 그때마다 서로 다른 불안감을 나타내는 경우가 훨씬 많습니다. 즉 불안 수준이 높은, 체질적으로 예민한 아이가 늘 대상만 바꿔 가며 쉽게 불안해하고 긴장하는 경우가 많다는 것입니다. 이런 아이들 중 3분의 1에서 2분의 1 정도는 다른 종류의 불안 장애 및 주요 우울증을 경험하며, 5분의 1 정도는 주의력 결핍, 과잉 행동 장애나 적대적 반항 장애, 품행 장애 등이 나타납니다.

이렇게 행동으로 나타나는 문제들은 아이의 사회 생활에도 나쁜 영향을 주므로 빠른 발견과 치료가 필요합니다. 지금 당장 낯선 환경에 적응을 순조롭게 할 수 있어야 어른이 되기 전에 불안 장애를 치유할 수 있습니다.

　다음은 소아 청소년에게 흔히 볼 수 있는 여러 유형의 불안 장애와 증상입니다.

★ 분리 불안 장애

　성인은 잘 경험하지 않는 '영아, 소아, 청소년기에 보통 처음으로 진단되는 장애'로 유일한 소아기 불안 장애입니다. 아이들은 집이나 1차적 애착 대상으로부터 떨어질 때 엄청난 공포와 불안을 경험하게 됩니다. 비정상적 분리 불안으로부터 정상적 분리 불안(7개월~5세)을 구분하는 것이 중요한데, 보통 만 3세경에 최고조에 달하다가 취학 전에 자연 소실되는 것이 정상적 분리 불안입니다. 이 연령대를 초과해서 심하게 불안해하는 것이 바로 과도한 분리 불안입니다.

대개 2.4~5.4퍼센트의 아동이 경험하는데, 분리가 예기되거나 발생했을 때 불안으로 인해 매달리고, 울고, 간청하거나 두통, 복통 등의 신체 증상을 호소합니다. 이런 아동은 부모 또는 자신에게 특수한 상황이 생겨 앞으로 애착 대상인 부모를 영원히 만나지 못할까 봐 지나친 걱정을 합니다. 대개는 분리 상황에서 강한 불안을 느끼며 상황을 피하려 합니다. 이것이 등교를 거부하거나 몸이 아프다고 하는 등의 문제로 이어져 병원을 찾게 됩니다.

대부분 스트레스나 변화의 시기에 잘 악화되지만, 어린 나이에는 분리 불안을 경험하더라도 대부분 잔여 증상 없이 완전히 회복되는 양호한 경과를 보입니다. 단, 발병 연령이 늦을 경우, 다른 정신과적 장애와 공존할 경우, 가족이 정신 건강의 문제를 경험할 경우, 분리 불안으로 인해 자주 또는 오랫동안 학교를 빠졌을 경우에는 만성화되는 등 경과가 좋지 않습니다.

★ 특수 공포증

많은 아이가 다양한 대상에 대해 특이한 공포감을 경험합니다. 해외의 한 연구에 따르면 초등학교 시절 43퍼센트의 아이들이 다양한 공포를 경험하는데, 그중 가장 흔한 것은 '어두운 곳에 대한 공포', 특히 '혼자 어두운 곳에 남겨지는 것'이라고 합니다. 이 중에서 특히 동물, 피, 높은 곳, 폐쇄된 공간, 비행 등 특정 대상이나 상황에 현저하고 지속적인 공포를 경험할 경우 특수 공포증으로 진단합니다. 공포는 최소 6개월간 지속되고 개인의 정상적 생활, 사회적 관계, 학업 능력에 방해를 주거나 대단한 고통을 동반합니다.

어른들은 이러한 대상과 상황에 대한 공포가 너무 과하거나 비이성적이라는 것을 알지만 아동은 청소년이나 성인과는 달리 자신이 경험하는 공포가 지나치다는 것을 깨닫지 못할 수 있습니다. 이 정도의 특수 공포증은 소아 청소년 중 2.4~3.3퍼센트가 경험하며, 공포를 유발하는 자극을 만나면 반드시 자신이나 타인에게 해가 가해질 것 (개에게 물리거나 벌에게 쏘이는)이라는 믿음에 집중하는 경향이 있습니다. 또 이런 일이 나타날까 봐 미리 걱정하는 상당한 예기 불안을 자주 경험합니다.

불안할 때에는 심박동이 상승하고 식은땀이 나며 과호흡이나 떨림, 속이 불편한 증상 등이 주로 나타날 수 있습니다. 이러한 특수 공포증은 대개 아동기에 시작되며 일부는 시간이 지남에 따라 호전되나, 다수에서는 비록 완화되더라도 공포 대상에 대한 공포를 만성적, 지속적으로 갖게 됩니다.

★ 사회 공포증

익숙하지 않은 사람에게 노출되거나 다른 사람이 유심히 쳐다보는 상황에서 지속적인 공포를 갖는 것을 사회 공포증이라고 합니다.

주된 공포를 유발하는 상황으로는 다른 사람들 앞에서 말하기, 사회적 모임에 참석하기, 권위적인 상대와 관계 맺기, 대중 앞에서 수행하기, 낯선 사람에게 말하기 등이 있습니다. 소아 청소년의 약 1퍼센트가 이런 현상을 경험하는 것으로 조사되는데, 보통은 그냥 수줍은 아이, 내성적인 아이로 치부되기 때문에 실제보다 축소 보고되는 경향이 강합니다.

이러한 아이들은 흔히 다른 사람 앞에서 무언가를 했을 때 그들이 어떤 잘못을 찾아낼 것이라는 공포를 갖습니다. 특히 뭔가 이상하고, 매력적이지 않고, 멍청하고, 바보 같은 말이나 당황스러운 말을 들을까 봐 걱정합니다. 이러한 공포는 심장이 빨리 뛰고, 땀이 나고, 얼굴이 붉어지고, 몸이 떨리고, 머리가 멍하고, 소화기 계통의 불편감을 느끼는 등 다양한 신체 증상을 유발합니다.

사회 공포증이 있는 초등학교 저학년 아동의 경우 대부분 부모나

양육자 주변에서 좀처럼 떨어지려고 하지 않거나, 사회적 상황에 극심한 불안을 마치 발작처럼 경험하고, 이로 인해 타인의 주목을 받는 학교 활동을 거부합니다. 반면, 초등학교 고학년 이상부터는 가족, 또래 등 모든 관계에서 수줍게 멀리 떨어져 수동적으로만 반응하는 형태를 가장 많이 보입니다.

만성화되면 소아 청소년의 주된 대인 관계 장소인 학교에서 큰 어려움을 겪게 됩니다. 매사에 쉽게 당황하거나 부정적 평가, 거절에 대한 과도한 걱정에 초점을 맞추는 부정적 인지가 형성되기도 합니다.

★ 범불안 장애

범불안 장애는 걱정이 일반화되어 과도하고 조절되지 않는 것이 특징입니다. 보통 남들도 걱정할 만한 여러 가지 주제를 가지고 오랫동안, 심하게, 비현실적으로 실패나 좌절에 대해 걱정하는 특징을 보이며 소아 청소년 중 약 5퍼센트 정도가 겪고 있는 것으로 알려져 있습니다. 걱정은 한 주제에 국한되지 않는데, 전형적인 걱정으로는 스스로의 능력, 과거 행동의 적절함, 타인에게 받는 인정, 미래 사건 혹은 새롭거나 낯선 상황에 대한 적응 여부, 정확하게 제대로 수행하는 능력 등이 있으며 이러한 주제들을 바꿔 가며 항상 과도하게 고민합니다.

이러한 아이들은 어른들의 지시에 지나치게 순응하거나 완벽주의적인 경향을 자주 보입니다. 어떤 아이들은 너무 경직되고 걱정이 앞서 주저하는 모습 때문에 어른의 지시에 반항하는 아이로 비칠 수 있고, 어떤 아이들은 걱정 때문에 매사 '그렇게 해도 되는지', '맞게 잘하고 있는지' 타인에게 확인하는 습관을 갖기도 합니다. 긴장과 초조함으로 인해 안절부절못하는 때가 많고, 이로 인한 긴장성 두통이나 부위가 불분명한 만성적 복통, 불면 등이 흔하며, 쉽게 긴장을 풀지 못하는 특성을 동반합니다.

치료를 받지 않으면 자연적으로 완화되기보다는 성인기, 심지어 중년기까지 매사에 근심, 걱정이 끊이지 않는 만성적인 경과를 보이기도 합니다. 이런 근거로 일부에서는 질병이라기보다 하나의 기질, 성격적인 경향성으로 보는 것이 낫다고 주장하기도 합니다.

✦ 공황 장애

소아 청소년에게 비교적 드물긴 하지만 아이들도 성인들처럼 예상하지 못한 공황 발작, 재발에 대한 지속적인 염려, 발작의 결과로서 일상생활 일과의 위축 등을 경험할 수 있습니다. 공황 발작은 갑자기 발생하고 10분 이내에 최고조에 달하며 수십 분 정도 지속되는 강렬한 공포 또는 불편감을 경험합니다. 더불어 강렬한 호흡 곤란, 심박동 항진, 흉통, 질식감, 어지러움, 저린 느낌, 열감과 냉감, 안면 홍조, 발한, 전율, 구토 등의 신체 증상과 마치 죽을 것 같은, 미칠 것 같은, 통제를 상실할 것 같은 공포를 동반합니다.

소아 청소년의 경우 신체 감각의 '파국적 오해석'으로 공항 장애가 나타난다고 보는 학자들도 있습니다. 쉽게 말해 아이들은 죽을 것 같다는 공포감을 유발할 정도의 신체 증상을 인지적으로 해석할 수준이 되지 않기 때문에 드물게 나타난다고 보는 것입니다. 그러나 적어도 일부 성인기 공황 장애는 소아 청소년기부터 시작되는 것으로 알려져 있습니다.

이 외에도 아주 친한 대상이 아니면 말을 걸거나 대답하지 않는 선택적 함구증, 불안으로 인한 학교 거부증, 심한 시험 불안, 발표 불안 또는 무대 공포증도 소아 청소년기 불안 장애의 일종으로 간주됩니다.

3

• 심한 불안은 왜 생기나요?

    체질적인 이유로 과도하게 불안해하면 이로 인해 자율신경계의 불균형이 오래 지속됩니다. 그러나 이러한 불안 장애는 아이들뿐만 아니라 친족에게 같이 나타난다는 보고들이 있습니다. 불안 장애는 전체적으로 유전적 경향성이 있으며, 세로토닌 같은 신경 전달 물질의 대사와 관련된 유전자가 신경증적 경향(neuroticism)과 같은 쉽게 불안을 경험하는 기질, 성격과 관련된다는 보고도 있습니다.

    그러나 불안 장애는 유전적인 요소보다는 환경적 요소에 더 크게 영향을 받는 것으로 알려져 있습니다. 특히 부모가 불안 장애가 있는 경우 아이들이 불안을 쉽게 경험하게 만드는 자녀 양육 양상이 있는데, 부모가 불안해하는 것을 보고 배우는 불안의 모델링이 바로 그것입니다. 아이가 밖에 나가면 뭔가 불안해하는 부모의 행동을 보고 자란 아이가 역으로 부모가 밖에 나가면 불안해하는 식의 학습된 불안이 상당수 존재합니다.

또한 타고난 기질이 행동 억제형인 아이에게 불안 장애가 발생할 가능성이 높습니다. 이런 아이들은 새로운 상황에 조심스럽거나 위축된 반응을 보이고, 좀 더 커서 보면 주로 공포에 의해 활성화되는 뇌의 부위, 특히 편도체의 과민성이 관찰됩니다. 이런 행동 억제 기질은 약 15퍼센트 정도로 비교적 흔한 편입니다.

또 상황이 불안정해 새로운 불안이 유발하면 기존의 불안이 악화되는 경우도 자주 관찰됩니다. 흔히 스트레스를 받으면 그 결과로 불안이 나타나고, 이것이 불안 장애로 발전하는 식입니다.

4

● 불안해하는 아이에게 어떤 태도를 보여야 할까요?

먼저 아이에게 갖는 부모님의 기대를 한번 점검해 보세요. 쉽게 불안해하는 아이라고 성취할 목표를 낮게 잡을 필요는 없습니다. 하지만 목표를 이루기 위해 걸리는 시간은 아이들의 걱정으로 인해 다소 길어질 수 있다는 사실을 기억해야 합니다.

아이들이 머뭇거릴 때 부모님은 아이가 빨리 할 수 있는 것부터 먼저 하도록 도와주세요. 아이가 할 일을 단계로 나누어 보고, 쉽게 수행할 수 있는 초기 단계부터 지시하는 것이지요. 예를 들어 성적이 잘 안 나오는 것 같아 불안해서 공부를 미루고 있는 아이에게 가장 먼저 해야 하는 말은 "너 빨리 공부해."가 아니라 "책상에 좀 앉아 보렴."입니다.

이따금 아이가 스스로 하는 것을 너무 주저하고 자신 없어 해서 부모님이 대신 아이들의 할 일을 해 주는 경우가 있는데, 매우 곤란한 태도입니다. 지금 당장은 아이와 부모님에게 모두 편한 방법이지만,

여기에 너무 익숙해지면 스스로 할 수 있다는 자신감을 키울 기회가 없습니다. 그러면 아이는 점점 더 의존하게 되고, 부모님은 점점 더 아이를 믿지 못하게 됩니다. 아이에게 "엄마가 해 줄게."라고 이야기하기 전에 "그럼 어떻게 하면 할 수 있을까? 같이 생각해 보자."라고 물어보는 과정이 필요합니다. 이때, 아이가 스스로 생각하고 말하기 전에 부모님이 미리 답을 내놓지 않도록 유의하세요.

아이들이 '불안', '걱정', '스트레스'와 같은 단어들을 말하는 것에 대해 너무 걱정하지 마세요. 오히려 아이가 느끼는 감정을 그저 '안 좋은 것', '나쁜 것'이라고 뭉뚱그려 이야기하기보다 좀 더 자세히 설명해 주는 것이 좋습니다. 이러한 감정은 익숙하지 않고 부담스러운 것을 할 때 겪는 마음 상태이고, 이런 느낌이 들 때 힘이 들겠지만 자주 도전해 볼 것을 강조하며 격려해 주세요.

아이가 불안해할 때 부모님이 같이 불안해하거나 아이에게 답답해

하며 화를 내는 경우를 흔히 볼 수 있어요. 불안한 아이들은 부모님이 그 상황에서 어떤 감정과 태도로 대하는가에 따라 본인의 감정을 조절할 수 있습니다. 아이와 같이 불안해하거나 화를 내면 아이의 불안은 가중되고, 아이와 공감하면서 침착한 태도를 유지하고 아이가 진정할 것을 유도할수록 아이의 불안이 빨리 줄어들겠지요.

또 하나 유의할 것은, 불안해하는 아이에게 엄마와 아빠가 서로 다른 대답, 처방을 내놓지 말아야 한다는 것입니다. 이럴 경우, 불안한 아이들은 둘 중에 좋은 답을 고르기보다 상황을 모면할 수 있는 임시변통의 답을 고르는 성향이 있고, 거듭될수록 도전보다는 회피가 많아집니다. 부모님이 서로 보는 시각과 생각한 답이 다르더라도 그중 어느 하나로 정해 놓고 아이에게 할 것을 지시, 권유하는 것이 좋습니다.

5

자녀가 너무 쉽게 불안해하고 일상생활에 지장이 많을 경우 무엇 때문에 그러는지 몇 가지 관련 요소를 점검해야 합니다.

첫째, 느끼는 불안의 대상이 과연 어떤 것인지(예: 또래, 교사, 무서운 이미지 등), 어느 정도로 구체적인지 살펴봅니다. 둘째, 불안으로 인한 일상생활에서 회피의 정도가 어떠한지(예: 엄마랑 떨어지는 게 불안해서 등교를 거부함) 알아보세요. 셋째, 사회적·가족적 맥락과 증상을 강화시키는 요인은 없는지(예: 엄마가 아이를 믿지 못하고 불안감이 심해 아이의 행동을 지나치게 통제함) 살펴보도록 합니다. 넷째, 아이가 더 어릴 때의 기질이 어땠는지, 애착의 질과 부모와 분리 반응, 아동기 공포 발달력도 살펴보세요. 다섯째, 불안을 야기하기 쉬운 약을 먹거나 병에 걸리지는 않았는지 등을 점검해 보세요.

아이들은 불안을 제대로 표현하거나 힘들다는 식의 표현을 좀처럼 하지 못하고, 어른과는 달리 쉽게 울거나 놀라거나 짜증을 부리거나

142

여기저기가 이유 없이 아프다는 식으로 말을 합니다. 그러므로 "불안하니?"라는 질문보다는 "요새 답답하거나 짜증 나는 일은 없니?", "걱정이 있을 때 아픈 곳이 생기지는 않니?", "무엇 때문에 스트레스를 받니?"라는 식의 간접적인 질문이 매우 도움이 됩니다.

간혹 이런 질문으로도 아이들이 느끼는 불안에 대해 구체적으로 파악하기 어려운 경우, 소아 청소년 정신건강의학과를 방문해 상황에 대해 좀 더 자세히 면담하기 바랍니다. 심리 검사나 설문지를 통해 불안의 유형과 주된 스트레스, 대처 능력, 현 아동의 인지 발달에 미치는 불안의 악영향 등에 대해 평가하는 것이 도움이 됩니다. 하지만 병원에 가기 전에 가장 먼저 취해야 하는 대처법은, 아이가 견딜수 있을 정도의 작은 불안을 회피하지 말고 자주 경험해 보도록 격려하는 것입니다.

우리나라 축구 대표 팀 선수들이 월드컵에 나가기 전에 보통 무엇을 할까요? 훈련도 열심히 하겠지만 자주 외국에 나가 다른 팀과 평가전을 해서 현장 분위기에 익숙해지려고 노력합니다. 이처럼 지금 이 순간에는 별로 하고 싶지 않아 하지만, 조금씩 천천히 불안하고 걱정하는 것들에 하나씩 도전하고, 이런 일이 반복되어 익숙해지면 크게 불안해하지 않게 됩니다.

우선은 불안해지는 최소한의 상황을 부모님과 아이가 함께 찾아보세요. 예를 들어 학급에서 앞에 나가 발표하는 것을 많이 불안해하는 아이에게는 "발표할 때 너를 보는 사람이 몇 명이었으면 좋겠니?"라고 묻고, 어두운 곳을 무서워하는 아이에겐 "손전등이나 촛불을 켜 놓으면 어떨까?"라고 물어보세요. 또 엄마와 떨어져 혼자 자는 것을 걱정하는 아이에겐 "같은 방에서 침대를 따로 쓰면 안심이 되겠니?"라고 물으며 이런 질문을 통해 불안해하는 상황과 정도를 파악할 수 있습니다. 파악한 뒤에는 약간 불안하지만 견딜 만한,

도전할 만한 과제를 주고, 아이가 노력하면 칭찬하는 것을 잊지 마세요.

가끔 무조건 하기 싫다며 주저하는 아이들이 있는데, 이때에도 할 수 있는 최소한의 노력을 같이 찾고, 아이가 조금씩이라도 할 수 있게 격려하고, 용기를 내서 하면 듬뿍 칭찬해 주세요. 이따금 아이의 맹목적인 위축, 회피에 지친 부모님이 아이를 무리하게 다그치거나 야단치는 경우가 있습니다. 이럴 경우 오히려 불안한 심리가 악화되고 더 회피하려고 하므로 주의해야 합니다. 아이들이 걱정해서 나타내는 행동에 '겁쟁이', '울보' 등의 별명을 붙이고 농담을 섞어 놀리듯 이야기하는 것은 정말 해롭습니다.

또 매일 꾸준히 운동을 할 수 있도록 유도하는 것도 좋습니다. 걱정과 불안이 많은 아이들은 걱정을 하느라 멍하게 가만히 있는 것을 좋아하고, 자연스럽게 움직이는 것을 싫어하게 됩니다. 하지만 매일

30분~1시간 정도 땀을 흘리고 운동을 하면 기분이 상쾌해질 뿐 아니라, 작은 긴장은 운동 직후에 자연히 풀리게 된답니다.

만일 아이의 일과가 너무 바빠서 그것 때문에 지쳐 보일 때는, 아이가 쉬면서 놀 수 있는 시간을 적당히 갖도록 스케줄을 조정해 주세요. 때로는 스트레스를 없애는 것이 불안에 대한 가장 좋은 해결책이 될 수 있답니다.

그런데 가끔 아이가 원할 때까지 무기한 아이를 쉬게 하는 경우가 있습니다(예: "공부하고 싶어지면 그때 다시 학원에 다니자."). 그러나 마음이 회복된 후에도 다시 스트레스 받기 싫은 마음에 막상 해야 되는 상황이 되면 무조건 미루고 보는 아이들이 많습니다. 이럴 때는 부담되는 활동은 덜 부담되는 것으로 돌리고, 무조건 쉬기보다는 어떤 것을 해야 쉽게 스트레스가 풀릴지 아이와 의논하면서 휴식과 이완, 재충전의 시간에도 일정하게 계획을 세우는 것이 좋습니다.

여러 가지 노력에도 쉽게 불안에서 벗어나기 어려울 경우, 아이들을 대상으로 하는 여러 종류의 치료에서는 인지 행동적 기법을 주로 사용합니다. 불안을 주로 유발하는 대상을 점진적으로 노출시키고, 이때 아이가 불안감을 경험하면 다른 즐거운 상상을 하게 하거나 잠시 후 사라질 불안을 더 빨리 가라앉도록 몸과 호흡을 충분히 이완하는 방식을 알려주는 것이지요. 그리고 아이가 불안을 이기고 잘 생활하면 긍정적인 강화를 제공하는 방식에 대해 토론합니다.

또 아이의 주된 문제 해결 방식을 파악하고 이에 갖춰야 할 대응 사고나 행동을 훈련하는 프로그램도 있습니다. 상담 시간에 적절한 행동을 예로 들거나 시범을 보여 주며, 부모님이 아이가 불안해할 때 어떻게 대처할지에 대한 교육도 치료의 주요 구성 요소입니다.

결국 아이들의 불안을 줄이기 위한 모든 접근 방식은 궁극적으로 바람직한 행동을 증가시키고 회피를 감소시키는 것을 목표로 합니다. 이를 위해 칭찬과 보상이라는 긍정적인 강화 기법을 적극적으로 사용할 것을 권장합니다.

6

• 아이들이 걱정할 때 같이 해 보세요.

✦ 긍정적인 말을 미리 만들게 도와주세요.

아이가 걱정하고 불안해하는 상황에서 도움이 되는 것을 선택해 메모해 두었다가 책상 앞에 붙이거나 필요 시 꺼내 볼 수 있도록 합니다.

예) 실수는 할 수 있다. 틀린 것을 통해 배운다.

한 번의 나쁜 시험 성적이 모든 것을 결정하지 않는다.

✦ 긍정적인 장면을 같이 떠올려 보세요.

불안해하는 상황을 성공적으로 극복하는 모습을 아이가 머릿속에 떠올리도록 유도합니다. 이후 미리 걱정하면서 부정적인 이미지나 장면이 머릿속에 떠오를 때마다 미리 준비한 긍정적인 이미지로 바꾸어 봅니다.

★ 생각 중지법

불안한 생각은 그대로 두면 점점 커질 수 있습니다. 그래서 좋지 않은 생각이 진행되기 시작할 때 의식적으로 생각을 중지하는 것이 도움이 됩니다. 부정적인 생각이 떠오르기 시작하면 언제든 "그만." 하고 소리 내어 말하는 연습을 시켜 주세요. 학교에서처럼 소리 내어 말할 수 없는 상황이라면 마음속으로 말해도 좋다고 알려 주세요.

★ 호흡법

불안하면 호흡이 빨라지거나 불규칙하게 되고 얕은 숨을 쉽니다. 호흡 훈련을 통해 부드럽고 편안하게 호흡할 수 있으며 이를 통해 불안을 줄일 수 있습니다. 복식 호흡은 대개 처음부터 쉽게 이루어지지 않습니다. 매일 일정한 시간을 들여 반복해 아이와 연습해 보세요. 방법은 다음과 같습니다.

· 바르게 눕거나 편하게 앉은 자세에서 몸의 긴장을 풀도록 노력합니다.

· 자연스럽게 숨을 쉬면서 호흡 상태에 집중하도록 합니다.

· 한 손은 배에 올리고 한 손은 가슴에 올린 상태에서, 되도록 가슴 위의 손은
움직이지 않고 배의 손이 움직이도록 숨 쉬는 연습을 해 보세요.

· 천천히 숨을 들이쉬고 내쉬도록 하며(아이가 익숙해하지 않으면 "하나, 둘,
셋."을 조용히 옆에서 세 주세요) 부드럽게, 쉽게 숨을 쉬도록 연습해 보세요.

★ 근육이완법

다음과 같이 연습해 보세요.

· 편안한 복장으로 편안한 자세를 취합니다.

· 숨을 편안하게 쉬며 가능하면 복식 호흡을 합니다.

· 몸 한군데의 근육을 약 10초간 긴장시키면서 긴장 상태의 느낌에 집중하게

합니다.

· 이제 긴장시킨 근육에 힘을 풀고 약 15초간 이완된 상태의 느낌에 집중시킵니다.

· 순서는 머리에서 발 방향으로 각각의 근육을 긴장 또는 이완해 봅니다.

★ 기분 좋은 상상하기

즐거워하거나 편안하게 느껴지는 장소나 상황을 상상합니다. 좋아하는 장소를 상상하도록 하고 상상이 생생해질 수 있도록 소리, 모양 등 관련된 모든 내용을 구체적으로 기술할 수 있도록 해 보세요.

권당 12,000원 · 각 시리즈는 계속 출간됩니다!